「湖の中にお城があるみたい……」
「『難攻不落』を
けはありますね」
アレンの義妹
カレン
実力で王立学校の生徒会副会長に上り詰めた狼族の少女。ティナやリィネ達にとって、もう一人の先生。
リンスター公爵家次女
リィネ
リディヤの妹。炎属性極致魔法『火焔鳥』を拙いながらも操る。王立学校に次席で入学した才女。
公女殿下の家庭教師11
Tutor of the His Imperial Highness princess

リンスター公爵家長女

## リディヤ

『剣姫』。王立学校入学時からのアレンの腐れ縁。頭脳明晰で容姿端麗、剣も魔法も超一流の御嬢様。アレンと共に水都で交渉窓口を務める。

「はぁ……いい湯ね……」

「シンディ……危なかったら、私が迎えに行くわ」
二人一組のメイドさん
サキ
リンスター公爵家メイド隊第六席。南都の孤児院出身。心優しい鳥族の少女。

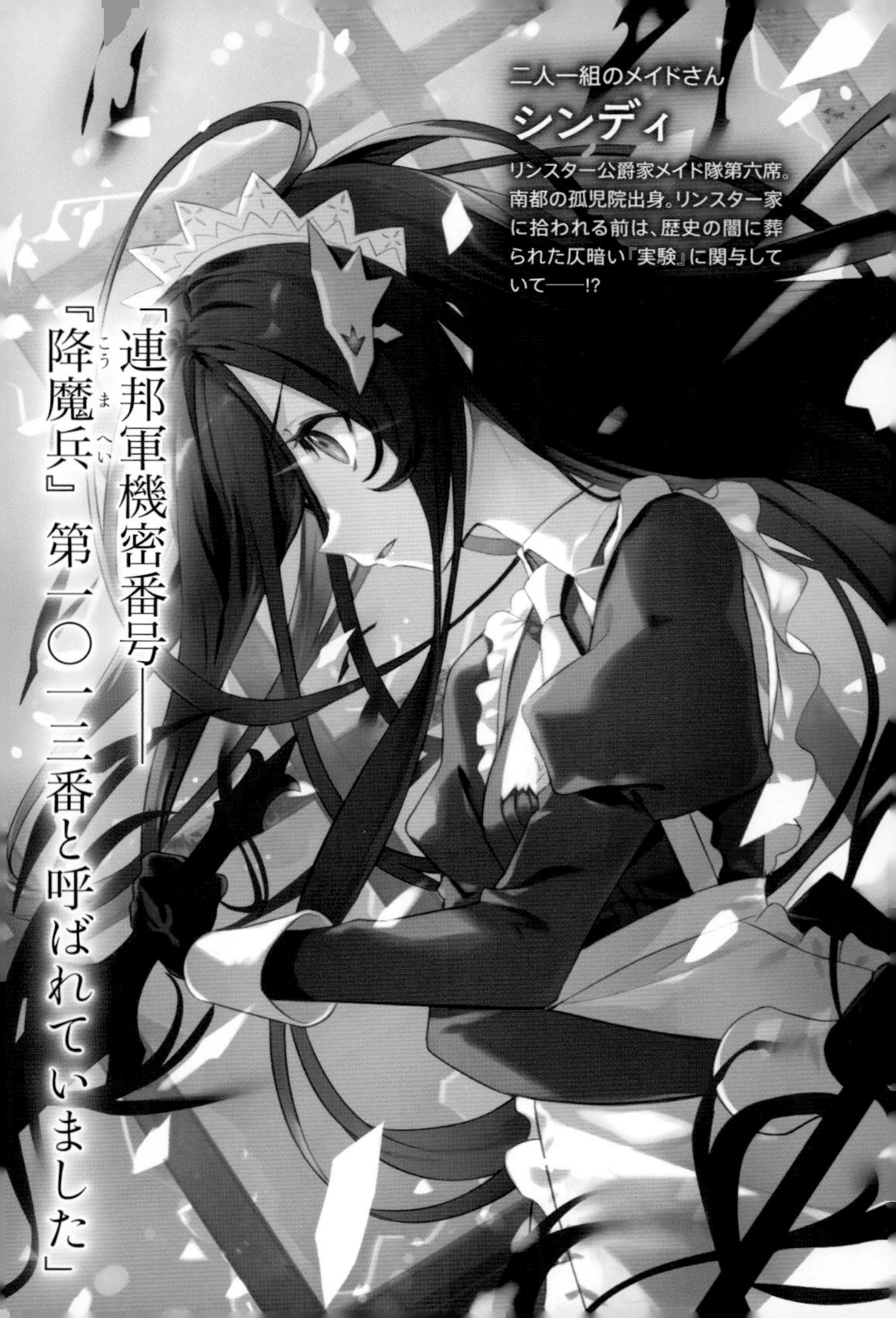
二人一組のメイドさん
シンディ
リンスター公爵家メイド隊第六席。南都の孤児院出身。リンスター家に拾われる前は、歴史の闇に葬られた仄暗い『実験』に関与していて——!?
「連邦軍機密番号——
『降《こう》魔《ま》兵《へい》』第一〇一三番と呼ばれていました」

「見せてやろうではないか。
【魔女】の創りし戦術禁忌魔法『北《ほく》死《し》黒《こく》風《ふう》』だ」
【花天】の弟子　『黒花』
イオ・
ロックフィールド
聖霊教使徒のなかで、アリシアに
次ぐ実力者。史書に残るほどの人
物だったらしいが……？

「私の名前はリィネ・リンスター。
この一撃、重たいですよ？」

「アレン様がいなくても……
私達に出来ることを！」

白の聖女
**ステラ**
ティナの姉にして王立学校生徒会長。アレンの指導の下、自分に自信を取り戻した。次期ハワード公爵。



CONTENTS

Tutor of the
His Imperial Highness princess

# 公女殿下の家庭教師11

## 歴史の幻影

七野りく

ファンタジア文庫

3186

口絵・本文イラスト　ｃｕｒａ

# 公女殿下の家庭教師 11

## 歴史の幻影

Tutor of the His Imperial Highness princess

Historical allusion

# CHARACTER

登場人物紹介

『公女殿下の家庭教師』
『剣姫の頭脳』

**アレン**

博覧強記なティナたちの家庭教師。少しずつ、その名声が国内外に広まりつつある。

『アレンの義妹』
『王立学校副生徒会長』

**カレン**

しっかり者だが、兄の前では甘えたな狼族の少女。ステラ、フェリシアとは親友同士。

『雷狐』

**アトラ**

八大精霊の一柱。四英海の遺跡でアレンと出会った。普段は幼女か幼狐の姿。

『勇者』

**アリス・アルヴァーン**

絶対的な力で世界を守護する、優しい少女。

『アレン商会番頭』

**フェリシア・フォス**

人見知りで病弱ではあるものの、誰よりも心が強い才女。南都の兵站を担う。

『王国最凶にして
最悪の魔法士』

**教授**

アレン、リディヤ、テトの恩師。飄々とした態度で人を煙に巻く。使い魔は黒猫姿のアンコさん。

『アレンの愛弟子』

**テト・ティヘリナ**

教授の研究室に所属する大学校生。アレンを敬愛し、慕っている。王国西方辺境出身。

【双天】

**リナリア・エーテルハート**

約五百年前の大戦乱時代に生きた大英雄にして魔女の末裔。アレンへ、アトラを託す。

# CHARACTER
登場人物紹介

## 王国四大公爵家（北方）ハワード家

『ハワード公爵』
『軍神』

**ワルター・ハワード**

今は亡き妻と娘達を心から愛している偉丈夫。ロストレイの地で帝国軍を一蹴した。

『ハワード家長女』
『王立学校生徒会長』

**ステラ・ハワード**

ティナの姉で、次期ハワード公爵。真面目な頑張り屋だが、アレンには甘えたがり。

『ハワード家次女』
『小氷姫』

**ティナ・ハワード**

『忌み子』と呼ばれ魔法が使えなかった少女。アレンの指導により王立学校首席入学を果たす。

『ティナの専属メイド』
『小風姫』

**エリー・ウォーカー**

ハワードに仕えるウォーカー家の孫娘。喧嘩しがちなティナ、リィネの仲裁役。

## 王国四大公爵家（南方）リンスター家

『リンスター公爵夫人』
『血塗れ姫』

**リサ・リンスター**

リディヤ、リィネの母親。娘達に深い愛情を注いでいる。王国最強の一角。

『リンスター家長女』
『剣姫』

**リディヤ・リンスター**

アレンの相方。奔放な性格で、剣技も魔法も超一流だが、彼がいないと脆い一面も。

『リンスター家次女』
『小炎姫』

**リィネ・リンスター**

リディヤの妹。王立学校次席でティナとはライバル。動乱を経て、更なる成長を期す。

『リンスター公爵家
メイド隊第三席』

**リリー・リンスター**

はいからメイドさん。リンスター副公爵家の御嬢様で、アレンとは相性が良い。

# CHARACTER
登場人物紹介

アンナ ………………… リンスター公爵家メイド長。魔王戦争従軍者。

ロミー ………………… リンスター公爵家副メイド長。南方島嶼諸国出身。

シーダ ………………… リンスター公爵家メイド見習い。月神教信徒。

ミナ・ウォーカー ………… ハワード公爵家副メイド長。

サリー・ウォーカー ……… ハワード公爵家メイド隊第四席。執事のロランは兄。

シェリル・ウェインライト … 王女殿下。アレン、リディヤの王立学校同期生。

レティシア・ルブフェーラ … 『翠風』の異名を持つ伝説の英雄。王国最強の一角。

リチャード・リンスター …… リンスター公爵家長男。近衛騎士団副長。

ギル・オルグレン ………… オルグレン公爵家四男。アレン、リディヤの後輩。

カーライル・カーニエン …… 侯国連合南部の有力侯。王国との講和を妨害している。

ロア・ロンドイロ ………… 侯国連合南部の次期侯爵。カーライルとは因縁あり。

聖女？ ………………… 聖霊教を影から操る存在。その正体は……。

イーディス ……………… 聖霊教の使徒となった少女。王国北方ロストレイでステラ、アリスと交戦した。

ローザ・ハワード ………… ステラ、ティナの母親。故人。旧姓『エーテルハート』。

# プロローグ

「お疲れ様です、皆さん。暫《しば》し、注目願います」

私――王国北方を統《す》べるハワード公爵家副メイド長ミナ・ウォーカーの言葉に、王都、リンスター公爵家御屋敷《おやしき》内の大会議室がざわつきました。

早朝だというのに仕事をしている多くのメイド達や、ルブフェーラ公爵家や各家から派遣された選《え》り抜きの士官達が一斉に顔を上げ、私へ視線を向けて来ます。

大半の人達の顔には濃い疲労。

うちの執事であり、教授に志願し、北都から王都へ進出して来たロラン・ウォーカーに至っては目に隈《くま》まで作っています。

私はそんな中、立ち上がり、綴《つづ》られた分厚い紙の束を右手で叩《たた》きました。

表紙には『**極秘**』の赤印。

「皆さんが集めてくれた、オルグレンの乱に参加しなかったものの、此度《こたび》、陛下のおられない王都で蠢動《しゅんどう》した貴族守旧派の不正資料の最終確認――完了しました。教授が示された期日である本日、炎曜日にもギリギリですが間に合いました。及第点です」

『！』

皆さんが息を呑《の》まれ、

「やったぁぁぁ～！」「うぅぅ……もう、永遠に終わらないかと」「不正蓄財の額、えげつな過ぎたって」「や、やりましたわ……これで、あたくしもスージーみたいな立派なメイドさんに……」「わわわ。ベアちゃん」大歓声。

はしゃぎ過ぎかもしれませんが、今日くらいは大目に見ましょう。

そんな人々を穏やかに見守っている大変お綺麗《きれい》で高貴さを感じる女性――リンスター公爵家メイド隊第八席のコーデリアさんが、私に目で合図を送ってきました。

両手を叩いて、訓示します。

「朝食の準備を！　その後は交代で休んでください」

『はいっ！』

すぐさま、リンスター家及びハワードのメイド達が活《い》き活《い》きとした様子で大会議室を後にしていきます。この十日余りは書類仕事ばかりでしたしね……。

コーデリアさんが執務机に、紅《あか》い小鳥が描かれている白磁のカップを置かれました。

侯国連合南部産と聞いた紅茶の良い香り。

「ミナ様、お疲れ様でした」

光り輝く美しい金髪と宝石のような金銀瞳。羨むのを忘れる程の美貌です。

しかも、メイド服の下のお胸も豊かとは。神という存在は不公平……いけません。

「ありがとうございます、コーデリアさん。『様』付けはよしてください。世が世ならば、私こそ貴女《あなた》に敬称をつけなくては。どうか、ミナと」

「では、私もコーデリア、でお願いします。私は生家に捨てられた身。今の私は、リンスター公爵家メイド隊第八席。それ以上でも、それ以下でもありません」

「はい──コーデリア」「ありがとうございます──ミナ」

各家合同の不正調査班を率いるに当り、コーデリアには大変尽力いただきました。

ハワード、リンスター合同商会──通称『アレン商会』所属メイドで情報通とも聞いていますし、これを機に仲良くなりたいものです。

私はそんなことを思いながら、室内の様子を眺めました。

執務机に突っ伏し寝ているエルフの若い青年主計士官。早くもワインを開けているドワーフと、急かす女性の竜人《りゅうじん》や人族の男性達。

壁際《かべぎわ》に置かれたソファーは全て埋まり、ロランも一台を占拠。熟睡中です。

その隣のソファーでは、金髪の少女メイドが、茶色の前髪で両目が隠れている大人しそうなメイドに興奮した様子で話をしています。

あの子達はよく頑張ってくれましたね。後で褒めておかないと。

……ロランも高得点でした。部屋で寝ればいいのに、とは思いますが。

コーデリアが、私の視線に気づき目を細めます。

「ロラン・ウォーカー様の卓越した書類処理能力……見させていただきました。ベアトリスさんとスージーさんも愛らしい方々ですね」

「書類仕事を得手とする者達は皆、メイド長と共に北都残留。席次持ちになったばかりのあの子達を酷使する事態に陥ってしまいました。副メイド長失格。要追試です。ロランが北都から来てくれて助かりました。……内緒ですよ？　調子に乗るので」

「素直に褒めても良いと思いますが……了解です」

美人メイドさんが美しい銀眼を瞑《つぶ》りました。とても絵になりますね。満点です。

熟睡状態のロランの目元に白布が置かれ、脇では淡い水色髪をしているリンスター家のメイドさん——第七席のニコさんが上下する執事のお腹《なか》を興味深そうに眺めています。

私は苦笑しながら、椅子に座りました。

心優しきコーデリアも、私の隣に椅子を持って来られます。

「そう言えば、ミナ――北方はどうなのですか？」

「北都ではメイド長シェリー・ウォーカー様が万を超える軍の兵站《へいたん》管理を。執事長グラハム・ウォーカー様は、ワルター・ハワード公爵殿下の全権委任を受け、北方のユースティン帝国との講和交渉を行っておられ、最終段階と聞いています」

「王国最高の兵站官『統制』様と大国をも畏怖せしめる『深淵《しんえん》』様……御高名はかねがね」

目の前の執務机に小皿が置かれました。上にはクッキー。

会釈《えしゃく》して手に取ります。

「あの御二人は別格です。ただ……こうも思ってしまいます。仮にこの場を仕切られたのが、『剣姫《けんき》の頭脳』アレン様と、フェリシア・フォス御嬢《おじょう》様であったのなら――」

「名簿の厚さは倍になっていたでしょう。フェリシア御嬢様は、アレン様と御一緒になられると大変張り切られます。また、アレン様の御力は噂《うわさ》の方が過小です」

私は北都本営で、ハワード公爵家次女にして『公女殿下』の敬称で呼ばれるティナ御嬢様と、ウォーカーの後継者であるエリー御嬢様が見せた大活躍を思い出します。

何より――

「北方ロストレイの地にて、ステラ御嬢様が見せて下さった、『聖女』とでも言うべき、美しくも気高き御姿……あそこまで成長を促して下さった、アレン様には感謝する他ありません。恋は女の子を強くするのです！」

「私は立場的に、リディヤ御嬢様を応援しなければ、と思うのですが……フェリシア御嬢様も、大変愛らしいので」

「……悩ましいですね」

「……ええ、とても」

「「ふふふ♪」」

この人とは仲良くなれそうです。

私はクッキーを齧《かじ》り、尋ね返しました。

「南方の戦況については新しい情報が入っていますか？　この数日、教授や『大魔導《だいまどう》』ロッド卿《きょう》に付き従い、王都各所を駆けずりまわっていたので……」

コーデリアが微《かす》かに頷《うなず》き椅子を動かし、私の椅子にくっつけました。

間近で見ると一国の御姫様のようです。

「南方戦線は我が方の優勢変わらず。アトラスに関して言えば、都を守る『七塔要塞《しちとうようさい》』に良将と精兵が立て籠もっているので強攻は難しいかと。ですが、より大きな問題は」

「敵方中枢――侯国連合の中心都市、水都内の情勢ですね？」

北都で聞いた情報を思い出します。侯国連合中枢で意見の相違あり。

「……お耳を」

コーデリアに促され、私は身体《からだ》を寄せます。静かで聞こえやすい囁《ささや》き。

「(御存じかとは思いますが……リディヤ御嬢様とアレン様は現在、侯国連合の水都におられます。連合との講和交渉窓口として、です)」

「(……教授に教えていただきました)」

『剣姫』リディヤ・リンスター公女殿下。

『剣姫の頭脳』アレン様。

御二人は東方オルグレン公爵家による叛乱《はんらん》において、赫々《かっかく》たる武勲を挙げられたにも拘《かかわ》らず、ジョン王太子殿下を担《かつ》ぎあげた貴族守旧派によって排斥され、王都を脱出。

しかし――一定以上の立場の者は行き先を知っています。

「(水都には私の同僚達も常駐を。ですが……昨晩以降、連絡が途絶えております)」

「っ！」「――ミナ」

私の口元をコーデリアの手が押さえました。

心を鎮《しず》め、目で謝罪しつつ問いかけます。

「(……仮想敵国の中枢に常駐される御家のメイドとなれば、席次持ちの？)」

「(はい、二人で第六席を務めているサキとシンディが、御二方の護衛を)」

「(……剣呑《けんのん》ですね。御家の御判断は?)」

室内の一角で歓声があがりました。メイド達が朝食を持ち込んだようです。

「(そこまでは。メイド長に報告したところ、『アレン様が隣にいるリディヤ御嬢様は無敵です♪　案ずるには及びませんよ』と)」

「(なるほど。……アンナ様がそう仰《おっしゃ》るならば、そうなのでしょうね)」

懐《なつ》かしい名前を耳にし、郷愁を覚えます。

少しだけ躊躇《ためら》い——私は身体を離し、口を開きました。

「『剣姫』リディヤ・リンスター公女殿下の御高名は、王国最北方にも届いていました。ですが、アレン様とはいったい……?　ああ、誤解しないでください」

両手を振ります。自分の亜麻色髪が視界を掠《かす》めました。

「あの御方は——アレン様は、私達のティナ御嬢様の御心を救うだけでなく、ステラ御嬢様の頑《かたくな》な心をも解きほぐしてくださいました。可愛《かわい》いエリー御嬢様もです。大恩ある御方を疑ってはいません。亡《な》き母がつけてくれた『ミナ』の名に懸けて誓います」

コーデリアが私の髪を手で撫《な》でつけました。

「私達もあの御方に強い敬意を持っております。その上で——……以前、私や他の子達も、同じ疑問をメイド長にぶつけてみたことがあるんです」

「！……アンナ様は何と？」

リンスターのメイド長が何と言ったのか、気になります。

「メイド長は私達にこう仰いました――『アレン様は近い将来、英雄となられる御方です。何《いず》れ必ず世界全体に良き影響を及されるでしょう』と」

……世界に良き影響、ですか。

コーデリアが美しく微笑《ほほえ》みました。

「私達は半信半疑でしたが、サキとシンディがよく言っていました。『あの御方は、私達にとって『闇を照らしてくれる星』なのよ』と」

「『星』……？」

スージーとニコさんに促され、頰を染めているベアトリスがロランにブランケットをかけています。初々《ういうい》しくて高得点です。

美人メイドさんが目を伏せました。

「……王国内において、獣人族や各国の移民出身者、『姓』の無い人々に対して差別があるのは事実です。それらの人々にとって、狼《おおかみ》族の養子でありながら王立学校、大学校に進まれ、リディヤ御嬢様と共に歩まれているアレン様は希望そのものなのだと、後から気付きました。先程のメイド長の御言葉には続きがあるんです」

コーデリアの金銀瞳に真摯さが宿ります。

「『アレン様の隣にいるリディヤ御嬢様は何時《いつ》も、如何《いか》なる時も幸せそうに笑っておられます。私のような者にとって、その事実は何よりも……何よりも重たきもの。それだけで、あの御方を信じ、御守《おまも》りするに足るのです』と」

腑《ふ》に落ち、私は大きく何度も頷きました。

『忌《い》み子』なぞと口汚く罵られ、傷ついておられたティナ御嬢様。

御両親を亡くされながらもその暗さを秘められたエリー御嬢様。

次期ハワード公爵としての重圧に苛《さいな》まされていたステラ御嬢様。

私の大切な大切な御嬢様方に心からの笑顔を取り戻していただいた御方。

それ以上——何を気にする必要がありましょう。

手を伸ばし、友人になったメイドさんの手を握ります。

「嗚呼《ああ》……確かにそうですね、コーデリア。ありがとうございました」

「いえ、御気になさらず、ミナ」

二人でほんわかしていると、開け放たれた扉から短い銀髪のメイドが入って来ました。

周囲で騒いでいる人達を素早く避け、私の執務机の前へ。

「副メイド長」

「エレーヌ、どうかしましたか？」

うちの第八席を務めている少女は顔に緊張を浮かべ、重々しく用件を告げてきました。

「教授と、リンスターのメイド長がお呼びです。火急の用件のようです」

……この子が緊張するわけですね。

「コーデリア」

「此処《ここ》は私が。ミナ、今度は王都のカフェへ行きましょう」

察しが良くて助かります。私は頷き約束しました。

「ええ、喜んで。王都の案内もお願いしますね」

＊

「やぁ、おはようミナ嬢。早速だけれど、頼んでおいた仕事は終わったかな？」

客間に入ると、魔法士風の紳士——教授が椅子に座ったまま出迎えてくれました。

脇に黒い匣《はこ》を置き、小柄な栗《くり》茶髪で左肩に黒猫を乗せているメイドを従えています。

「守旧派の不正資料は此方《こちら》になります。ロランを王都へ呼んでいただき助かりました」

私は綴《つづ》られた分厚い紙の束をテーブルの上に置きました。

教授が紅茶のカップを掲げられながら苦笑されます。

「なに、ロラン坊自身が志願したのさ。南都に行かせるわけにはいかないがね」

「ミナ御嬢様、お疲れ様でございます♪　今、お紅茶をお淹《い》れ致しますね☆」

気配もなく私の後方に回り込み、栗茶髪のメイド長が椅子を引きました。

「……アンナ様、御嬢様扱いは止《や》めていただけませんか？」

「うふふ♪　い・や、でございます★」

「ミナ嬢、諦めたまえ。今の君が『ウォーカー』の御嬢様なのは事実だろう？」

教授に諭され。渋々目の前に着席。黒猫姿の使い魔——アンコさんが空いている椅子に降り、丸くなりました。

紳士がテーブルの上で手を組まれました。

「昨晩、水都で変事が起きたようだ。一部では戦闘も起きている可能性がある」

「コーデリアから先程聞きました。ですが、連合はピサーニ統領とニッティ副統領、南部四侯を中心に講和へと傾いていたのでは？」

「統領自ら南都へ出向いて来る、という話が齎《もたら》されていたらしい。そうなる前に、交戦派が兵を動かしたのだろう。……少し急過ぎるがね」

私の目の前に、白磁のカップが音もなく置かれました。

――懐かしいララノア共和国産の茶葉の香り。

「連絡が途絶えたのは事実でございます。どうぞお飲みください♪」

満面の笑みで、栗茶髪で小柄なメイド長さんが教えてくれます。

私の為《ため》に入手してくれたのでしょう。おずおず、と御礼《おれい》を口にします。

「あ、ありがとう――……アンナ」

「嗚呼、ミナ御嬢《おじょう》様♪」「！」

頭を抱きかかえられ、髪を撫で回してきます。

――私がユースティンの皇都いた頃みたいに。

「御人形のように小さかったミナ御嬢様が御立派になられて。アンナは感無量でございます。ミア御嬢様が生きておいでだったならば、どれ程、お喜びになられたか……」

「だ、抱き締めないでっ！　減点！　減点にするわよっ⁉」

「嫌でございます～☆」

「ううう……」

アンナはユースティン帝国暗部において『死神』と呼ばれていました。

そして、私の母や私とは因縁浅からぬ関係で――教授が手を組まれます。

「水都にはアレンとリディヤ嬢がいた。あの子達が二人揃《そろ》っていれば古《いにしえ》の英雄にも負けはしない。……だが、少しばかり気になる話を南都のリアムが報《しら》せてきてね」

「拝見します」

差し出された書簡を受けとり、アンナを押しのけ素早く目を通します。

**『水都一帯に大規模魔法通信妨害。聖霊教の魔法士に起因すると判断す』**

……都市だけでなく地域一帯の遮断？　そんな大規模魔法を？

顔を上げると、教授が首肯されました。

「聖霊教は想定以上に、水都の上層部に食い込んでいるようだ。急ぎ、アレン達との連絡を再構築しなければならない。リンスターはベイゼルの侯都を狙っていたようだが……」

「ベイゼルは南都から見て南東――連邦側に位置しております。アトラスの侯都と比べると、水都とは少々距離がございます。グリフォンを用いても往復は不可能かと」

アンナが教授の後を引き取りました。

つまり――水都への連絡線を再構築する為には、アトラスの侯都を落とす他はない、と。

私は静かに質問します。

「王都の聖霊教から何か情報は得られたのですか？」

教授は、アンナとリンスター家副メイド長のロミーさんを伴い、関係各位に『聞き取り』を行われていました。

「いや、老司教は何も知らなかった。それでも……気になる情報は幾つか、ね」

「オルグレン元公子達に対しても、『大魔導《だいまどう》』ロッド卿《きょう》と当家のマーヤ・マトとが尋問を行いました。共通していましたのは」

アンナがメモ紙に文字を走らせました。

――『聖女』。

大魔法『蘇生《そせい》』を用い、死者をも蘇《よみがえ》らせたという古の英雄。御伽噺《おとぎばなし》の登場人物です。

そんな存在が『黒幕』？

ロストレイに出現した使徒の少女もその名前を叫んではいましたが……。

教授は息を吐かれました。

「王都や東都から、遺物や古書を回収させたのも自称聖女なようだ。クロム、ガードナー両侯爵家の管理下にあって奪われた禁書が分かればいいんだが、この期に及んで一切の開示を拒絶していて、埒《らち》が明かない。ただ――……奴等《やつら》は触れてはいけないモノに触れた。リディヤ嬢の提案に乗って、アレンを水都へ送り込んでおいて正解だったよ」

「触れてはいけないモノ、ですか……？　それが、教授と、強行軍で東都から王都へ来られたロッド卿が調査されている、例の？」

「王都地下大墳墓に安置されていた、王国の英雄にしてアレンの親友――半吸血鬼ゼルベルト・レニエの遺体だ。この事実を彼が知ったら」

普段、飄々《ひょうひょう》とされている教授が深刻そうに顔を歪《ゆが》められました。

「……どれ程悲しむか想像も出来ない。聖霊教は、東都、北方のロストレイ、南方のアヴァシークで、聖霊騎士や信者を媒介にして魔導兵を戦場へ投入した。レニエの遺体を回収したのは――人造吸血鬼を生み出し、その媒介として使う為ではないか？　と、僕やロッド卿、『花賢《かけん》』チセ・グレンビシー殿は危惧している。チセ殿の妹殿が開発し、喪《うしな》われた秘呪に、そのような魔法があるらしい」

「っ⁉」

アレン様の親友が半吸血鬼？　しかも、人造吸血鬼？？

そもそも、王族と一部の例外を除いて入れない地下大墳墓に安置されていた？

教授は黒い匣に触れながら淡々と続けられます。

「王都の『清掃』は、ゲルハルト・ガードナーとの最終協議が済み次第行う。ミナ嬢は王都で僕達の補佐を。アンナを除くリンスターのメイド達は南都に順次帰還だ。黒匣の中身をリィネ嬢に届けてもらわなければならないしね。封印すべき代物なんだが、水都へ行く前にアレンが『是非』と手紙を送って来た。彼の頼みは断れない。リサとレティシア殿も近々東都を進発し、南都へ向かわれる。ハワード、ルブフェーラ両公爵軍もおっつけ王都へ来るだろう。フェリシア嬢の御父上《おちちうえ》の件は南都のステラ嬢に書簡を送っておいた。今後、怒れるシェリル王女殿下とうちの研究室の子達を宥《なだ》める過酷な任務も待っている。よろしくお願いするよ」

「――畏《かしこ》まりました」

私は瞬時に疑問を捨て去り、ハワード公爵家副メイド長として恭《うやうや》しく頭を下げました。

方針が示されている以上、全力でそれを遂行するのみ！

「ミナ御嬢様はお紅茶を飲んでいてくださいまし。荒事はこのアンナにお任せを★」

「ア、アンナ、頭を抱き締めないでっ！　も、もうっ‼」

小柄な元専属護衛が私を再度抱きしめてきました。ふ、振り払えません。

教授は笑みを零《こぼ》され、同時に冷厳たる現実を口にされました。

「が——当面の間、水都のアレン達が敵中で孤立無援の状態なことには変わりない。オルグレンの叛乱《はんらん》開始前、僕とロッド卿は聖霊教の偽造文書に欺かれ、今回も水都の情勢を読み間違えた。情けないけれど……」

テーブル上の地図を叩《たた》かれます。

——王国南都。

「向こうにいる子達に期待する他はないね。アレンがリディヤ嬢以外で、唯一『天才』と形容したティナ・ハワード公女殿下や、王国を担《にな》う新時代の俊英達に期待しよう」

# 第1章

「んーと……この気象条件に、地域性、季節性を考慮すると——フェリシアさん、前線への物資供給は船を積極的に使いましょう。嵐は来ません！」

「了解です、ティナさん。なら、その分の馬車をアトラス、ベイゼル侯国から脱出して、保護を求めている方々への支援に向けますね。エリーさん、この書類の確認を！」

「は、はひっ！　頑張りますっ‼」


週初め、炎曜日の朝。

王国南都、リンスター公爵家屋敷《やしき》内の大会議室に少女達の声が響き渡ります。

私——リィネ・リンスター、ティナ・ハワード、ステラ・ハワード、エリー・ウォーカーの家庭教師であるアレンと姉のリディヤ・リンスターを追って東都から南都へ移動して早数日。

現在、兄様達は侯国連合の中心都市水都にいると考えられます。

けれど、南都からではグリフォンを用いても、水都との往復は不可能。

よって――南都南西部に位置し、水都により近いアトラス侯国侯都を陥落させるべく、兵站《へいたん》業務に自分達の力を貸す。

そう結論を出して以来、この場所が私達の新しい戦場だと言えます。

……ただ。

私は、尋常ではない速度で文献を読み書き殴っている白金の薄蒼《うすあお》髪で白の軍服を着た公女殿下と、次々から次へと書類を処理しているブロンド髪でメイド服の少女と眼鏡をかけた胸の大きな軍服少女――ティナとエリー、フェリシア・フォスさんを見やりつつ嘆息しました。

……凄《すご》過ぎません?

そう思っているのは私だけではないようで、「天候予測って、あんなに簡単に出来るのか?」「凛々《りり》しいフェリシア御嬢様……いい」「船と馬車の手配変更はどうする?」「もう書類が回って来てるぞ!?」「あれが、ウォーカー家の御令嬢……」「つ、月神様……」変な意見も聞こえてきますが、各家の兵站士官達は半ば慄《おのの》いているようです。私付のメイド見習いのシーダ・スティントンに到《いた》っては祈り始めています。

普段は弱気で身体《からだ》も強くないフェリシアさんが、凄い速度でペンを走らせ、どんどん書類を片付けていきます。

彼女は、私の御祖父様《おじい》であるリーン・リンスター前公爵から兵站総監代理に任命されていて、この場における最高権力者です。

前髪の髪飾りに触れながら考え込んだティナが、書類を横に流しました。

「エリー、ここの計算、間違ってない？」

「は、はひっ！　えーっと――……合っていますっ！」

受け取ったティナ専属メイドのエリーが目を走らせ、頷《うなず》きます。

……そんなに、速く確認出来るとは思えないんですが。

私は親友達と先輩の仕事ぶりに頭痛を覚え、赤の前髪を指で弄《いじ》りました。

「フェリシアさんはともかく、ティナとエリーがここまで出来るなんて……」

ティナは私と同じ『公女殿下』で、エリーも王立学校の成績では私の方が上位。

水都が昨晩から謎の沈黙を続けている中、足手纏《あしでまと》いになるわけにはいかないのに。

突然、頬《ほ》っぺたを突《つつ》かれました。

「リィネさん、怖い顔になっていますよ？　二人は北都でもこうでした。水都の件は詳報を待ちましょう」

「！　ステラ様……」

私の左隣に座られていた、美しい白金の薄蒼髪を蒼のリボンで結われている美少女――ティナの姉であるステラ・ハワード様に話しかけられました。

軍服姿も相まり、オルグレンの動乱前よりもお綺麗《きれい》になられたと思います。

ステラ様が、今度は人差し指で額を押してきました。

「無理は駄目です。ちゃんと休める時に休まないと、いざ、という時に力を発揮出来ません。休憩にしましょう」

「……はい」

私は内心の焦《あせ》りを見透かされ、赤面しました。

今の仕草、少し兄様に似ていて余計に恥ずかしさが増してしまいます。……うぅ。

ステラ様が凛々しく号令をかけられます。

「ティナ、フェリシアも手を止めて。皆さんも休憩を」

『はいっ！　ステラ御嬢《おじょう》様っ‼』

この数日で、完全にメイド達と兵站士官達の心を掌握された次期ハワード公爵に返答し、室内にほっとした空気が流れます。

ステラ様が、みんなの手綱を握っているのが分かる光景ですね。

これが、ハワードの――『軍神』の血統！

そんな中、ティナとフェリシアさんが不満そうに反撥《はんぱつ》します。

「御姉様！　まだ出来ますっ！」「ステラ、この書類の処理を終えてからに……」

「エリー、今の二人の言葉をメモしておいてくれる？　アレン様に御報告したいの」

「！」「は、はひっ」

対して、ステラ様はあっさりとそれを封じます。

兄様が聞かれたら……きっと、とっても意地悪なことを言われますね。

二人は口をパクパクさせ、やがて、ガクリと頭を下げました。

『おお～』

様子を窺《うかが》っていたメイド達から拍手と感嘆が巻き起こります。先の動乱時も、フェリシアさんの仕事のし過ぎは問題になっていましたし、思うところがあったんでしょう。

ステラ様がティナとフェリシアさんへ頷かれます。

「よろしい。私は素直な妹と親友が大好きよ」

「……御姉様の意地悪」「……アレンさんに似てきてない？」

ティナは頬を膨らまし、フェリシアさんは眼鏡を外し、うちのメイド隊第四席であるエマの差し出した布で拭きながら唇を尖《とが》らせました。

生徒会長さんは嬉《うれ》しそうにされながら、お願いを口にされます。

「ふふ♪　そうかしら？　サリー、エリー、紅茶を淹《い》れてくれる？」

「畏まりました、ステラ御嬢様」「はひっ！」

ハワード公爵家メイド隊第四席のサリー・ウォーカーさんとエリーが、紅茶の準備を始めました。

一切の無駄がない洗練した動作。

シーダが手を組んで「月神様……私もいつか、ああいう風にリィネ御嬢様に紅茶を淹れられるのでしょうか？」と祈っています。

眼鏡をかけ直したフェリシアさんが、周囲を見渡されました。

「あれ？　そう言えば、カレンは？」

カレン——兄様とは血の繋《つな》がっていない狼《おおかみ》族の妹さんで、王立学校副生徒会長を務めている私、ティナ、エリーの先輩です。

……そう言えば、先程から姿を見かけていません。

私の傍《そば》の椅子にティナも移動し、辺りを見渡します。

「リリーさんもいません……はっ！　も、もしかして、二人で水都へ抜け駆けをっ⁉」

「——失礼ですね。私はそんなことしません。ティナじゃあるまいし」

後方から冷静な声がしました。

振り返り、ティナがいきり立ちます。

「む～！　カレンさん、どういう意味――……ふぇ？」

「あら？」「カレン？　その服は……」「！」「わぁぁ」

薄蒼髪の公女の瞳が大きくなり、ステラ様、フェリシアさん、私、エリーも驚きます。

灰銀色の髪。一度は触ってみたいと密《ひそ》かに思っているモフモフな獣耳と尻尾。

頭には半妖精族の長《おさ》から譲り受けた花付軍帽。腰には短剣。

ここまでは何時《いつ》も通りのカレンさんなのですが……着ている服が異なります。

濃い紫と淡い紫の紋様が重なる異国の装束と長いスカート。足には革製のブーツ。

――とっても、似合っていますっ！

副生徒会長さんは、私達の視線を受けてそっぽを向かれ腕組みをされました。

「……王立学校の制服の洗濯が間に合わなくて、仕方なくね。あと、リリーさんが……」

大会議室を軽やかに駆ける音。

黒のリボンで結った長い紅髪《あかがみ》を靡《なび》かせ、カレンさんと色違いの格好をした美少女――メイド隊第三席のリリーがカレンさんの背中に抱き着いてきました。

嬉しそうに頬ずり。

「うふふ～♪　カレン御嬢様、と～ってもお似合いですぅ～☆」

「きょ、今日だけ、今日だけです」

カレンさんは恥ずかしそうにされながらも、振りほどこうとはされません。

副公爵家長女でありながら、メイドを務めている従姉《いとこ》を窘《たしな》めます。

「リリー、貴女《あなた》ねぇ……」

「リィネ御嬢様、私――気付いたんです」

カレンさんから離れたリリーが、大きな胸に自分の右手を押し付けました。

何時になく真剣な表情。ど、どうしたんでしょうか？

「私はリンスター公爵家メイド隊第三席です。嗚呼《ああ》……なのにメイド長や副メイド長は、私にメイド服を下さりません…………」

額に手をやり、私は目を閉じました。この従姉……。

リリーが右手を握り締めました。前髪に着けている花飾りが揺れます。

「そこで、私は閃《ひらめ》きました。『メイド服を貰《もら》えない。よろしいです。ならば――此方《こちら》の服を主流にしてしまえば良いのだ』とっ！」

『…………はぁ？』

近くにいたほぼ全員の声が揃《そろ》います。

呆《あき》れていると、リリーはその場でくるりと一回転。

ソファーに座り、フェリシアさんの書類を眺めているカレンさんを指し示します。

「我ながら天才的な思いつきですぅ〜★ 見てくださいっ！ カレン御嬢様の愛らしさをっ‼ 獣耳と尻尾とが相まり、圧倒的な攻撃力を誇っています。これを見て『……私も着てみようかな？』と思わないメイドさんがいるでしょうか？ いいえ、いませんっ‼ た・と・え・ばぁぁぁ………」

「ひぅ」「ひっ」

テキパキと紅茶を淹れていたエリーと、見学中のシーダが身体を震わせました。

リリーが両手を合わせ、詐欺師の笑み。

「エリー御嬢様、シーダちゃん、素直に答えてくださいねぇ〜？ この服を着たカレン御嬢様——可愛《かわい》くありませんかぁ？」

「「………」」

二人は顔を見合わせ、黙り込ました。

ちらっ、と紅茶を飲んでいる副生徒会長さんを見た後で、素直な感想を口にします。

「えっと……か、可愛いでしゅ……」「と、とても可愛らしいなって、思います」

「ありがとうございます〜☆ では、次にぃ〜むぐっ」

閃光《せんこう》が走り、カレンさんが右手でリリーの口元を押さえました。

「……も、もういいですからっ！」

ティナが耳元で囁《ささや》いてきます。

「（カレンさんがああいう風になられるの、珍しいですね）」

……確かに。

ステラ様とフェリシアさんも、楽しそうに同級生を眺められています。

年上メイドが拘束を抜け出し、叫びました。

「え～！　カレン御嬢様も、さっきまでは姿見《すがたみ》の前で『兄さんも褒めてくれるかしら？』って仰《おつしや》ってたじゃないですかぁ～」

「⁉　ま、まさか、覗《のぞ》いて――……こほん。あまり、からかわないでください。真面目な話をこれからしないといけないんですよ？」

「は～い」

カレンさんをからかい終え、満足した様子のリリーがエリーに近づき、淹れ終えた紅茶を配り始めました。うちのメイド隊第三席なだけはあり、動きに隙がありません。

紅茶のカップを受け取られたステラ様が質問されます。

「カレン、真面目な話って？」

花付軍帽を被《かぶ》り直し、副生徒会長さんが私達を見渡しました。

瞳には固い意志が宿っています。

「私、今からリリーさんと一緒にアトラスの侯都を守る最後の盾――『七塔要塞《しちとうようさい》』を実際に見て来ようと思うの。リーン様の許可はいただいているわ」

「「えっ？」」「カレン先生……」「前線って……」「…………」

私は息を呑《の》み、ティナと目を合わせてしまいました。エリーとフェリシアさんは口元を押さえ、ステラ様も黙られます。

――『七塔要塞』。

アトラス侯国侯都セツ北方にあり、都を守護している大要塞です。

大陸動乱時代に古代の教会を再利用する形で築かれ、現在は侯国随一の良将と噂《うわさ》されるロブソン・アトラスが率いる部隊が固守しています。

その為《ため》、御祖父様達に私達が『アトラスの侯都攻略優先を！』と訴えても、芳《かんば》しい回答は得られませんでしたが――二、三日前、方針が大変更。

軍は要塞早期攻略に舵《かじ》を切りつつあります。理由は教えてもらっていません。

カレンさんが淡々と自分の決断を説明されます。

「この数日間で理解したわ。本営に私がいても……ティナやフェリシアの書類仕事の足手纏《あしでまと》いになる。なら、現地へ行って情報を収集し、みんなと共有した方がいい」

「私も行きたいですっ！」

誰よりも早くティナが立ち上がり、立候補しました。

胸の奥が、チクリ、とします。

この首席様は何時も私の前を歩いていく……。

けれど、副生徒会長さんは頭を振られました。

「ティナは駄目です」

「ど、どうしてですかっ⁉」

前髪を逆立たせ、ハワードの公女殿下が喰《く》ってかかりました。

対して、カレンさんが冷静に指摘されます。

「貴女は戦域全体の天候予測を。それは誰でも出来る仕事じゃありません」

「…………だ、だけど」

「カ、カレン先生、わ、私も……」

おずおず、とブロンド髪の親友も挙手しました。

「エリー。貴女にはティナとフェリシアを補佐する大事な役割があります。兄さんが貴女をよく褒めていた理由、改めて理解出来ました」

「あぅ……あ、ありがとうございます」

真正面からの称賛を受け、エリーは顔を伏せました。首筋まで赤くなっています。

胸のチクチクが大きくなっていきます。リィネ――貴女はどうしたいの？

椅子の後ろにリリーがやって来るのが分かりました。

カレンさんが不敵な笑みを浮かべられます。

「兄さんの残した魔法式で改善されたとはいえ、魔法を使うと体調不良になってしまうステラ・ハワード公女殿下には、わざわざ言わなくても分かりますよね？」

「戦えない身じゃ前線には出られない。ティナとフェリシアの手綱を握る役割もある……カレン、今の言い方、アレン様にそっくりよ」

うちの家中でさえ『聖女様』とも呼ばれ始めている美少女も、笑みを返されました。

御二人の間にある固い絆《きずな》が見えてしまい、更に焦燥感が強まっていきます。

「当然。だって、私は兄さんの世界で一人しかいない妹なんだから。ティナ、フェリシア、あんまりステラへ迷惑をかけないようにね。エリー、ステラをお願い」

「……はーい」「……カレン、ひどいよー」「は、はひっ」

ティナは不承不承といった様子で答え、エマやメイド達の介護を受けているフェリシアさんも唇を尖《とが》らせ、エリーは元気よく返事をしました。

早く言わないと――『私も連れて行ってほしい』と。

勇気を振り絞る前に、カレンさんが私を見ました。

「リィネ、私と一緒に行きませんか？」

「…………え？」

カレンさんが近づいて来られ、私の顔を覗きこんできました。

「今の貴女の顔は、外の空気を吸った方が良いように見えます」

「っ！　私は……」

「リィネ？」「リィネ御嬢様《おじょうさま》？」

ティナとエリーが心配そうに私の傍《そば》へ。

……この二人は悪くありません。

弱いのは、こんなにも優しい親友達に嫉妬を抱いてしまった――私の心。

リィネ、思い出しなさい。

貴女はリンスターの公女殿下。『剣姫《けんき》』の妹。

何より……こんな私じゃ、兄様の背中に何時まで経《た》っても追いつけない。

椅子から立ち上がり、宣言します。

「行きます。私も……私も連れて行ってください！」

カレンさんが大人びた表情になられました。

「──了解です。リリーさん」

「はい～♪」

突然、従姉が私を後ろから抱えて来ました。

嫌な予感が……とても嫌な予感がします。

「リリー？　な、なに？」

「うふふ～……リィネ御嬢様、リンスターの軍服って目立つと思いませんかぁ？」

今の言葉を受け、私の頭が答えを導き出します。

ほぼ同時に理解したらしい、ティナとエリーの顔も加担者の顔になりました。

ステラ様、フェリシアさん、メイド達までも同様です。シーダまでぇ……。

動揺する心を落ち着かせながら、リリーに告げます。

「……私は着ないわよ。第一、そんなの前線にいらっしゃる御祖母様《おばあ》が許されるわけ」

「勿《もち》・論《ろん》、大奥様には魔法通信で許可を取っています～★」

「なっ⁉　ま、まさか、そ、そんなっ！」

御祖母様――『緋天《ひてん》』リンジー・リンスター前公爵夫人は現在、前線で総指揮を執られています。

御祖母様にまで服装の許可を取っているのは想定外ですっ！

狼《おおかみ》族の少女が、私に勧告されます。

「リィネ、諦めて」

「そ、そんなぁ……ス、ステラ様、フ、フェリシアさん……」

最早《もはや》取り繕う余裕もなく、先輩達に助けを乞います。

けれど、御二人はお茶菓子を食べながら、あっさりと断じられました。

「可愛いんじゃないかしら？」「お似合いだと思います♪」

「ううう……」

脱力し、リリーに運ばれて行く私の耳を凛々《りり》しいカレンさんの声が打ちました。

「それじゃ――行ってくるわ。詳しい話は今晩、部屋でね」

＊

私達を乗せたグリフォンは広大なアヴァシーク平原を飛翔《ひしょう》していきます。

現在はリンスター副公爵領となっている旧エトナ、ザナ侯国と、交戦中のアトラス、ベイゼル両侯国とにまたがるこの平原は、此度《こたび》の戦役における緒戦の舞台ともなりました。

会戦の最終盤で姉様が放たれた禁忌魔法『炎魔殲剣《えんませんけん》』の痕跡が所々に見えます。

……改めて、凄《すさ》まじい威力だったのを実感出来ますね。

「見えてきましたよ～あそこが総司令部です～」

グリフォンを操るリリーが振り向き、前方を指差しました。

私は独りで乗れるのですが、本営のみんなが許可してくれませんでした。遺憾です。

隣を飛ばれているカレンさんも目を細められました。

なだらかな丘の上に各家の軍旗がはためき、砦《とりで》というよりも城に近い陣地が構築されています。

手を振ると頷《うなず》かれゆっくりと降下。リリーが口笛を吹きました。

「カレン御嬢様、凄《すご》いですね～。うちの家の部隊にもすぐ入れそうです♪」

「蒼翠《そうすい》グリフォンを乗りこなされて、単騎で西都へ行かれた方なのよ？　この子達もそれを分かっているんじゃない？」

「ですね～」

軽口を叩《たた》きながらも、リリーもまた騎獣を巧みに操り降下させていきます。

この子の実家である副公爵家は、グリフォン飛翔騎士団を持っていますし、そこで覚えたのかもしれません。

そうこうしている内に、ゆっくりと地面が近づいて来ました。

数十名の副公爵家の騎士達が訝《いぶか》し気に私達を見上げています。

御祖母様には魔法通信で伝えてあるらしいですが……私は自分の服を見やります。

カレンさんの着ている服の色違いで、濃い赤と淡い赤の組み合わせ。警戒するのも当たり前でしょう。私は騎士達へ向かって叫びます。

「御苦労様、リィネ・リンスターです！　御祖母様はいらっしゃるかしら？」

「！　失礼致しましたっ！　『緋天』様は本営の最奥《さいおう》におられます。そのままお進みを！　着陸場所がございますっ！」

「ありがとう」

先頭にいた壮年の騎士へ御礼《おれい》を言った途端、グリフォンが羽ばたきました。

軍旗を見る限り……御父様が直率されているリンスターの本軍やポゾン侯爵の軍はいないようですね。

暫《しばら》くすると、騎士が言っていたように広場が見えてきました。

「リィネ御嬢様、降ります～」

衝撃を感じ、グリフォンが地面に着地。リリーが飛び降り、両手を広げました。

私はしかめっ面《つら》をして、従姉《いとこ》を避けて降り立ちます。

「ぶ～！　そこは、飛び込んでくる場面ですぅ～」

「みんなが見ているんだから、止《や》めてよ、もうっ」

リリーに文句を言っていると騎士達の列が割れ、一糸乱れぬ様子で整列しました。

奥から、二人の女性が歩いて来ます。

一人は長い紅髪《あかがみ》で子供のように小柄。身に纏《まと》っているのは緋の魔法衣。

その女性に付き従っているのは、長身で長く淡い紅髪。前髪に銀の髪飾りをつけ、耳は長く、肌はやや褐色寄りの美女。

大陸最強魔法士の一人と謳《うた》われる『緋天』にして、私の御祖母様――リンジー・リンスター前公爵夫人と、前リンスター家副メイド長『首狩り』ケレブリン・ケイノスです。

御祖母様が両手を合わせられ、嬉《うれ》しそうに表情を綻ばされます。

「あらあら。可愛《かわい》らしい御客様《おきゃく》達ね～♪」

「御祖母様、突然来てしまって、申し訳──きゃっ」

優しく抱きしめられ、頰《ほ》っぺたを触られます。

「うふふ～♪　リィネちゃん、よく来てくれたわねぇ。しかも、そんな可愛らしい服を着て！　ケレブリン、映像宝珠に撮っておいてくれる？」

「はい、大奥様。リリー御嬢様とそちらの御嬢様、リィネ御嬢様の御傍へお願い出来ますでしょうか」

久しぶりに会った前副メイド長が映像宝珠を取り出し、リリーとカレンさんへ指示を出しています。

……そうでした。ケイノスの一族は『リンスター家にお仕えする為《ため》に我等《われら》は存在している』と真顔で言う人達でした。

私は、頭を撫《な》で回している大魔法士様へ文句を言います。

「お、御祖母様っ！　は、離してくださいっ‼　……もぉぉ」

「あらあら～」

拘束を逃れ、服の乱れを整えます。通信宝珠兼用の髪飾りを直して咳払《せきばら》い。

「こほん。御祖母様、私達は遊びに来たわけじゃありません。此方《こちら》、王立学校の先輩で兄様──『剣姫の頭脳』アレンの妹さんの、カレンさんです」

「狼族、ナタンとエリンの娘、カレンと申します。前公爵夫人様の御話《おはなし》は、兄から幾度か聞かされております」

「まぁまぁ……」

緊張した面持ちのカレンさんが、深々と頭を下げられました。

周囲の騎士達もどよめきます。「……おい」「ああ」「英雄の妹、か」。

御祖母様が、そっと狼族の少女の両手を握りました。

慈愛溢《あふ》れる御顔。

「一度会ってみたい、と思っていたの。リンジー・リンスターよ。カレンちゃん、と呼んでもいいかしら？　リンジーと呼んでちょうだい」

「はい、リンジー様」

「うふふ♪　ありがとう、カレンちゃん」

御祖母様の背筋がすっと伸びました。

周囲の空気が張り詰め、騎士達も居住いを正します。

普段の穏やかな雰囲気と異なる──『緋天』としての御顔。

「貴女《あなた》のお兄さんに、リンスターは何度も、何度も重い責務を背負わせてしまっているわ。

黒竜、悪魔、吸血鬼、古《いにしえ》の魔獣――『四大公爵家の一角』『南方を統《す》べしリンスター』なんて呼ばれながら、たった一人の男の子に！　……でもね？　覚えておいてほしいの」

御祖母様がカレンさんと視線を合わせられます。

その瞳には――薄《う》っすらと涙。

「リンスターは恩義を忘れない。何があっても忘れない。まして、それが――愛《いと》しい愛しい孫娘に関わることなら猶更《なおさら》。必ず、必ずアレンちゃんに恩を返してみせる。貴女もリディヤちゃんと仲良くしてくれている、と聞いているわ。有難《ありがと》う……本当に、本当に有難う。

私の誰よりも優しく、傷つきやすい孫娘と友達になってくれて。リンジー・リンスターは

……そのことを決して、決して忘れない」

「……っ」

カレンさんが狼狽《うろた》えられ、顔を伏せられました。獣耳と尻尾は震えています。

私は胸に手をやりました。

……兄様、私も必ず恩をお返しします。

カレンさんが言葉を振り絞ります。

「そんな。私の方こそ、リディヤさんには……そ、その、良くしてもらっていて……」

「リディヤ御嬢《おじょう》様とカレン御嬢様は、と～っても仲良しなんですよぉ？　王都では、休

みの日は一緒に買い物へ行っているとか☆　ですよね、リィネ御嬢様？」

緊迫した空気を年上従姉が吹き飛ばし、狼族の少女を後ろから抱きしめました。

まったく、この子はっ！

でも……良い機です。

「ええ、そうね、リリー。姉様ったら、妹の私よりもカレンさんを可愛がっているもの。嫉妬してしまうわ」

「っ！　リィネまでぇ……」

演技に乗ると、カレンさんが情けない声を出されました。

広場の空気が穏やかになり、ケレブリンや騎士達も表情を綻ばせます。

こういう所はリリーに敵《かな》いません。御祖母様が両手を合わせられました。

「仲良しなのは良いことだわぁ。面倒事が片付いたら、アレンちゃんと一緒に遊びに来てちょうだい。約束よ？」

「……はい。有難うございます」

「うふふ～♪　さ、天幕へ。うちのケレブリンが焼いた美味《おい》しい御茶菓子もあるの」

「ご満足いただけると確信致しております」

物騒な異名とは裏腹に、趣味がお菓子作りな前副メイド長が後を引き取ります。

　カレンさんが私へ目配せ。はい、分かっています。

「御祖母様、お茶の前に私達が来た理由を説明――」

「**失礼っ！　此方に娘が――そこにいたかっ、リリーっ！！！！！！！！！！！**」

　私の声は、上空から轟《とどろ》く男性の叫びにかき消されてしまいました。

　珍しくリリーが嫌そうな顔をし「……五月蠅《うるさ》いですねぇ」と愚痴を零《こぼ》します。

　軍用グリフォンが広場に着地。胴に帯を着けています。

　――リンスター副公爵家を示すそれ。

　私は地面に降り立った、軍服姿の赤髪赤髭《あかひげ》の偉丈夫を宥《なだ》めます。

「……リュカ叔父《おじ》様、お声が」

「ん？　ああ、すまぬ、リィネ。グリフォン乗りは声が大きくなってしまってな。こればかりは通信宝珠があっても変わらぬ。……その服装は？」

　頭を掻《か》きながら、叔父様――リュカ・リンスター副公爵が謝ってくださり、同時に疑問を呈してきました。

　私は後の質問を無視。カレンさんを叔父様へ紹介します。

「リュカ叔父様です。叔父様、アレン兄様の妹さんのカレンさんです」

「おおっ！　『西方単騎行』を成し遂げた——このような場で会えるとは。リュカ・リンスターだ。副公爵を務めている」

「……狼《おおかみ》族のカレンです」

 やや驚かれながらも、そこは副生徒会長。きちんと受け答えされます。

私を盾にしながら、リリーが叔父様に質問しました。

「……で？　天下の副公爵殿下が、一メイドの私に何の用があるんですかぁ？」

叔父様の太い眉毛がつり上がりました。

「お前はまたそのようなっ。家に帰って来ぬかと思えば……今は戦時故、すぐに戻って来いとは言わんが、いい加減家に戻って来て婿をだな——」

「戻りませんっ！」

いきなり親子喧嘩《げんか》が始まりました。

御祖母《おばあ》様とケレブリンは茶葉の相談を始め、騎士達も『またかぁ』という顔をしています。背伸びをし、戸惑われているカレンさんの耳元に私は囁《ささや》きました。

「（大丈夫ですよ。叔父様とリリーのやり取り、家中の人間は慣れっ子なので）」

「（……なるほど。ルブフェーラ公爵家もちょっと変でしたが、公爵家って……）」

「（い、一緒にしないでくださいっ！）」

他はともかくとして、私はその枠に入っていません。……多分ですが。

リリーが獅子吼《ししく》しました。左手の腕輪が光を放ちます。

「だからぁっ！　何度も言わせないでください。私はメイドさんですっ！　縁談の御話も、万歩譲って、『アレンさんに勝てる人ならお話を聞いてもいい』と答えた筈《はず》ですっ‼」

「ぐっ…………まぁ、良い。その言葉を忘れるなよ？」

おや？　叔父様が引き下がりました。普段はもっともっと長いんですが。

不思議に思っていると、御祖母様が問われます。

「リュカ、何かあったのかしら？」

「……はっ」

叔父様は懐《ふところ》から書簡を取り出し、差し出されました。

機密文書なのか、蝋《ろう》で留められています。

「水都の魔法通信を解析しているサイクスからです」

「そう……ケレブリン」

「はい、大奥様」

前副メイド長が書簡を受け取って封を解き、御祖母様に差し出されました。

普段明るい御顔が曇り、私達を手で呼ばれます。
回り込んで書簡に目を通し――驚愕《きょうがく》。

『昨晩未明からの、水都の沈黙は敵方の大規模魔法通信妨害によるもの』

『魔法式からして聖霊教の関与は確実。交戦継続派と結びついている模様』

『リディヤ御嬢様とアレン様は、水都内で大規模交戦に巻き込まれたと思われる』

『聖霊教が近日中に何事かを企てている予兆あるも詳細不明』


姉様と兄様が水都で交戦っ⁉

そこで――……私は理解します。

御祖父《おじい》様達が、アトラス侯都攻略へ舵《かじ》を大きく切られたのは聖霊教の暗躍を座視出来なかった為《ため》！

書簡にサインをしたのは、サイモン・サイクス伯と伯爵令嬢のサーシャの二人のようですが、追記として『魔法通信解読に全力を尽くすも、暗号が格段に難解になっている為、現状ではこれ以上の情報入手は至難』と書かれています。

……あのサイクスが弱気だなんて。聖霊教はどれ程の戦力を水都に集めて？

リリーが「アレンさん、リディヤちゃん、アトラちゃん、サキ、シンディ、みんな……」と小さく名前を呼びました。

水都にはうちのメイド達も常駐していました。巻き込まれているでしょうね……。

御祖母様が視線を南の方向を向かれました。

「……リーンと教授ちゃんの嫌な予感が当たったみたいねぇ。カレンちゃん、リィネちゃんは要塞を偵察しに行きたいのよね？」

「はい」「地図だけじゃ、分からない状況もあると思うので」

カレンさんと私は同時に首肯しました。

事態は想像以上に切迫しています。急がないとっ！

「……母上。リィネ達だけでは」「奥様、私が護衛を」

叔父様が反対される前に、ケレブリンが一歩進み出てくれました。

前副メイド長はとても強く優しい人なのです。

「お願い出来るかしらぁ？」

「お任せください」

長身メイドは美しい所作で敬礼しました。

御祖母様が頷《うなず》かれ、私達を見ました。

「ケレブリンを護衛につけるわぁ。無理は禁止よ？　リリーちゃんもね」

＊

「これはこれは……リィネ御嬢様。このようなむさ苦しい場所にようこそ。陣中故、片付いておりませんが、どうか御許しを。可憐《かれん》な公女殿下の御姿を見れば、部下達の戦意も奮い立ちましょう」


最前線司令部として使われている天幕内に、潑剌《はつらつ》とした声が響きました。

魔法通信で私達の到着を知っていた、紅鎧《あかよろい》を着こんでいる貴公子然とした男性——トビア・イブリン伯爵が仰々しく敬礼してくれます。

簡素な机の上には地図と駒。要塞の攻略法を考えていたのでしょう。

イブリン伯は一見優男《やさおとこ》ですが、全身を紅の装備で揃《そろ》えた南方諸家最精鋭部隊『紅備《あかぞな》え』を率いる勇将。二十八歳という若さで、ユーグ侯爵と共に要塞包囲を御祖母様や御父様から託されているのです。

私も敬礼を返し、質問します。

「トビア、早速ですが――状況はどうですか？」

勇将は私の後ろにいるカレンさんとリリー、そしてケレブリンを一瞬見た後、両手を挙げ、頭を振りました。

「連日退屈をかこっております。連中、要塞に引き籠っておりますので。かといって、無視してアトラスの侯都へ突撃を図れば後背を突かれましょう。ロブソン・アトラスは兄である侯爵と異なり、優れた統率力を持つ戦意旺盛な男です。御嬢様方、此方《こちら》へ」

若き伯爵が手招きしたので、私達も駒の置かれた地図を覗《のぞ》き込みます。

空中偵察の成果なのでしょう。具体的な地形と要塞の形がはっきりと分かります。カレンさんが感想を零されました。

「……まるで、湖の中にお城があるみたい……」

侯都セツ郊外に位置する『七塔要塞《しちとうようさい》』は文献で読んだ通り、小島の上に築かれた七角形の形をした大要塞でした。

中央には古い教会。現在は総司令部に使われているようです。

城壁は三重で、城壁各所には七本の巨大な尖塔《せんとう》。横には赤字で『**戦略結界を発生させる**』と特記されています。

西側には海。東と南に自然の河川。陸地があっただろう北側にも海水を引き込んだ大水《すい》壕《ごう》。入り口は対岸で『紅備え』主力が陣取っている北側の正門のみ。

……『難攻不落』を謳《うた》われるだけはありますね。

トビアが、わざとらしく壮麗な剣の鞘《さや》を叩《たた》きました。

「同意見です。『剣姫《けんき》の頭脳』様の妹君、カレン様」

「！　私を知っておられるのですか……？」

「無論です」

狼族の少女が驚くのを見て、勇将は恭《うやうや》しくお辞儀をしました。

そんな中、リリーは包囲軍の駒を動かし「むむむ～？」と遊んでいます。

若き美形の伯爵は気にした様子も見せず、カレンさんに噂《うわさ》を教えました。

「『東都で聖霊騎士と果敢に戦い、故郷の窮地に単騎で西方行を志願。見事その任を成し遂げた狼族の麗《うるわ》しき少女』――王都で会った各将の間で大変な評判だったのですよ？」

「は、はぁ……」

獣耳と尻尾に緊張。カレンさんは意外と人見知りをされます。

私は左手で伯爵を制しました。

「トビア、本題を。敵の防備態勢はどうなのですか？」

「はっ！」

貴公子然としていた顔が前線の将のそれへと変わり、指揮棒を手に取りました。

侯都周囲の地形を詳しく説明してくれます。

「見ての通り――『七塔要塞』は三角州上に築かれております。島内の樹木は払われ死角はありません。また、岸と城壁との間には人為的な斜面も築かれております、七つの尖塔によって展開される戦略結界も強大でして……幾度かグリフォンによる空中襲撃も行いましたが、捗々《はかばか》しい効果は上がりませんでした」

「入り口は正門一ヶ所ですか？　随分分厚いようですが」

「はい。……あれもまた厄介でして」

トビアが私の質問に顔を顰《しか》め、正門を指揮棒で叩きました。

「奴等《やつら》、過去の三度に亘《わた》る戦役で痛い目を見たせいか、我等が得意とする炎属性に対して徹底的な対策を施しております。並大抵の魔法では突破不能かと」

「……なるほど」「大奥様が暴れられましたからね～」「リ、リリーさんっ」

私が考え込む中、リリーはカレンさんの後ろに回り込んで抱き着きました。

この従姉《いとこ》は何時《いつ》でも何処《どこ》でも平常運転ですね。心強くもありますが。

『並大抵の炎魔法は通じない』……だったら。

「トビア、一つ試してみてもいいですか？」

「……は？」

戦場で臆したことなし、と讃《たた》えられる勇将が不思議そうに私を見ました。

姉様から譲り受けた剣の鞘を叩き、提案を告げます。

「私だって『リンスター』。炎属性極致魔法『火焔鳥《かえんちょう》』が使えます。正門の防御能力を測ってみます。軍用グリフォンを一頭、貸してください」


最後の最後まで難色を示したトビアを何とか説き伏せたものの……私はグリフォン上で眼下の光景に圧倒されていました。

「近くで見ると、想像以上に大きいですね……」

聳《そび》え立つ白い城壁と七つの尖塔。奥にはステンドグラスが輝く荘厳《そうごん》な旧教会。

城壁の兵士達が私達を指差しています。

北側の大水壕は、最早《もはや》海の一部。

固く閉ざされた正門は黒光りし、鋼の分厚さがはっきりと理解出来ます。

南方に薄《う》っすらと見えているのが、アトラス侯国の侯都でしょう。

後方の対岸では万が一、敵軍が出撃した場合に備えてトビア率いる『紅備え』が完全武装で待機し、要塞上空ではカレンさんとケレブリンが操る二頭のグリフォンが旋回中。

二人は、私の攻撃前に陽動を行ってくれる手筈になっています。

髪に着けた通信宝珠から、報告が入ります。

『リィネ、何時でもいいわよ』『くれぐれもご無理はお止《や》め下さいますよう』

「了解です、カレンさん。ケレブリン、分かっているわよ。頼りになるメイドさんもいるから、心配しないで」

『は〜い。私はと〜っても頼りになるメイドさんです〜♪』

私の隣でグリフォンを操っているリリーが元気よく返事しました。

宝珠から苦笑が漏れます。

『じゃあ、始めるわ』『万事、ケレブリンにお任せ下さい』

通信が途切れました。

旋回していた二頭のグリフォンが上昇していき、停止。

直後——

『！』

後方の味方からどよめきが巻き起こりました。

紫電と赤黒い霧が、要塞全体を覆っていきます。

すると、甲高い鐘の音。尖塔の先からは鮮やかな光が発生。

七本の光柱が精緻な結界を構築し、紫電と霧を消失させていきます。

二人の魔法ですら長く持ちそうにありません。聞きしに勝りますね！

私は拙い風魔法を使いつつ、グリフォンの上に立ち上がり剣を抜き放ちました。

「リリー！　準備はいい？」「はい～☆」

従姉が大きく右腕を振ると、無数の炎花が周囲に舞い踊ります。

目を閉じ集中——兄様、姉様、力を貸してください。

ふっ、と息を吐き、目を開けて剣を高く掲げます。

「いくわっ！」「はい～」

魔力を剣の切っ先に集中させ——リンスターの象徴。炎属性極致魔法『火焔鳥』を顕現。

「やぁぁぁぁ！！！！！！！！！！！！」

今の私が放てる、最大火力の炎の凶鳥を正門へ向けて解き放ちます。

大水壕の海水が蒸発して白い湯気を上げ、城壁の上の敵兵達が武器を慌てて構え魔弾を乱射します。

　けれど――止まりません。

　兄様があっさりと分解されるので忘れがちですが、本来極致魔法は放たれたら、止めることは不可能とされている魔法。

　凶鳥は敵兵が次々と放つ水弾、水槍《すいそう》をものともせず突き進みます。

　御祖母様《おばあ》や母様、そして、姉様には遠く及びませんが、少しは突破出来る筈《はず》。

　遂《つい》に大水壕を飛び越え、『火焔鳥』は正門を直撃し――

「⁉」「ん～……」

　悲しい叫びをあげながら砕け散り、消えました。

　目を凝らすと、トビアが言っていた通り、百を超える耐炎結界が発動しています。

　敵も馬鹿ではない、という実例ですね。

「**いたぞっ！！！！　そこだっ‼　撃てっ！！！！！**」

　城壁の上にいる敵将の凄《すさ》まじい怒号が轟《とどろ》きました。

　兵士達が手に持っているのは……魔銃？

　次々と光を放ち、百以上の『水神弾《すいじんだん》』が私に向かってきます。射程が長い！

「っ！」「おっと～」

　リリーが巧みにグリフォンを操作しながら炎属性初級魔法『炎神波《えんじんは》』で一掃。

周囲を飛ぶ炎花も数を増していき、私を守るように布陣していきます。

カレンさんとケレブリンのグリフォンもわざと高度を下げ、要塞上空を素早く飛び回り、敵部隊を混乱させつつ、私達に向けられる魔法を分散させてくれます。

再び放たれた数百発の『水神弾』を炎花で防ぎ切りながら、従姉が振り返りました。

『メイド』さんではなく――副公爵家長女、リリー・リンスター公女殿下としての顔。

「リィネちゃん、先に退いて。『火焔鳥』が防がれた以上、敵は勢いづくかもしれないし、私、脅《おど》かしてくるね」

「……ええ」

私は手綱を引き、グリフォンを後退させました。

魔法が炸裂《さくれつ》する音が聞こえますが、一弾も通りません。

今の私は――……リリーよりも弱い。

悔しさが込み上げてますが、義務は果たさないと。

歯を食い縛りながら、通信宝珠で話しかけます。

「……カレンさん、ケレブリン、撤退します。トビア、部隊を陣地まで後退させて下さい。交戦は無用です」

『了解』『リィネ御嬢《おじょう》様、余り御気になさらぬよう』『はっ！』

敵魔法の射程外まで脱出した私は、グリフォンを操り高度を上げます。
既にカレンさん達とリリーも退き、要塞からの魔法も止まりました。
『**アトラス侯国万歳っ！！！！　連合万歳っ！！！！！**』
わざわざ全域での魔法通信を用いての勝鬨《かちどき》。
私は臍《ほぞ》を噛《か》み、身体《からだ》を震わせました。悪手、だったんでしょうか？
こんな時、兄様がいてくれたら――……。

『力は自分や大切な人、信念を守る時に使ってください』
王立学校の入学式の日。馬車の中で兄様が仰《おっしゃ》っていた言葉。
そして……自分の左頰に触れます。
王都でティナに張られたお返し、まだ出来ていませんでしたね。
挫《くじ》けている場合じゃありませんっ！
私が気合を入れ直していると、リリーのグリフォンも追いついてきました。
『リィネ御嬢様～☆』
無事のようですね……良かった。

手を振りながら、七本の光柱が立ち昇っている眼下の要塞を見つめます。

「難攻不落の『七塔要塞《しちとうようさい》』、骨が折れそうですね。打開策を考えないと……」

トビアが率いる『紅備え《あかぞな》』は精鋭中の精鋭。

力攻めでも落とせはするでしょうが、犠牲は膨大になってしまいます。難題です。

頼れる相手が身内しかいなかったかつての私なら、音をあげていたかもしれません。

でも、今の私には——通信宝珠でカレンさんが尋ねてこられました。

『リィネ、この後どうするの？　南都に戻る？』

「——いいえ」

私は空を見上げます。

太陽は高くグリフォン達も元気です。ならば！

「まだ時間はあります。要塞の周囲も偵察しておきましょう。私達では思いつかなくても
ティナ達なら妙案を思いつくかもしれません。ケレブリン、着いて来てくれる？」

『はい。大奥様にもそう言われております』

「！　御祖母様が……」

胸が熱くなります。私は一人じゃありませんっ！

隣でグリフォンを飛翔《ひしょう》させているリリーが合図してきました。力強く告げます。

「みんな、行きましょうっ！　私達に出来ることをする為《ため》にっ‼」

＊

「……で？　要塞周囲も偵察して来たんですか？　敵兵が出て来るかもしれないのに？　私とエリーもいないのに？　グリフォンまで借りて？　ふ～ん……」

「あぅあぅ。リ、リィネ御嬢様、カレン先生、危ないです……めっ、ですっ」

　南都に私達が帰還したのは、結局その日の夜になりました。

　入浴して戦塵《せんじん》を落とし、寝間着に着替えて夕食を食べ、カレンさんと部屋へ行った途端、ティナ達に捕まった、というわけです。

　ベッドの上で、薄蒼《うすあお》と薄翠《うすみどり》の寝間着を着ている、不満気なティナとエリーに詰め寄られながら、私は抗弁します。

「あ、相手の対応を確認する為には仕方なかったんです。私達だけじゃなく、ケレブリンも護衛について来てくれましたし」

「ケレブリン？」「どなたですか？」

友人達の顔に疑問が浮かびました。

隣のベッドの上で、カレンさんの髪をブラシで梳《と》かしているフェリシアさんが説明してくれます。

窓際《まどぎわ》の席で書類を手にされているステラ様も顔を上げられました。

「リンジー・リンスター前公爵夫人付きのメイドさんです。

た。カレン、動かないでっ！　……リィネさんと一緒だったのに、無理してぇ」

「はいはい、気を付けるわ。でも——成果は得られた」

薄黄の寝間着姿のカレンさんが映像宝珠を起動。

目の前の壁に、尖塔《せんとう》が聳え立つ大要塞の画像が映し出されました。

副生徒会長さんが宝珠を動かしながら、目を細めます。

「『七塔要塞』に死角はないわ。西は海。東と南の河川も流れが速くて、渡河は難しい。北側の壕《ごう》もかなりの深さよ」

「都市自体も三重の城壁でぐるりと囲まれ、兵達の過半は魔銃を装備しています。正門には強大な耐炎結界が張り巡らされていて……『火焔鳥《かえんちょう》』を弾きました」

私の『火焔鳥』が四散する映像に切り替わります。

「リィネ」「リィネ御嬢様」

親友達が頭を撫《な》でてきました。

先輩方の優しい視線が突き刺さり、身体が熱くなります。

私は咳払《せきばら》いをして、報告を続けました。

「こほん――開戦後、グリフォンに叩《たた》かれたのが堪《こた》えたのでしょう。私達を攻撃してきた魔銃の一斉射撃もかなりの規模でしたし、空中攻撃による攻略は難しいと思います」

「……む～」「難しそうです……」

首席様は私とカレンさんの報告を聞いて頭を抱え、天使なメイドも顔を曇らせます。

テーブルに書類を置かれた、ステラ様が労《いたわ》ってくれます。

「リィネさん、本当にお疲れ様。文字と映像とじゃ認識も変わるわ。みんなで考えてみましょう。でもその前に――攻撃を含む危険な威力偵察を制止しなかった副生徒会長にはお説教が必要かしら？」

獣耳と尻尾を動かし、カレンさんが身体を小さくされます。

「……ステラ、脅さないでよ」

「私だけじゃなく、フェリシアだって同意見よ。そうよね？　こっそりと昼食中も働こうとしていた、兵站《へいたん》総監代理様？」

「ス、ステラ⁉　……う～」

突然、矛先を向けられた眼鏡をかけ、胸の豊かな少女の身体が震えました。

あわあわしながら、ブランケットを被《かぶ》りカレンさんを盾に。年上とは思えない可愛《かわい》さです。

ティナとエリーも私の背中に隠れ、顔だけ出して早口で弁明しました。

「お、御姉様。わ、私は少ししかしていません！」

「わ、私も、少しだけ書類作業を進めただけです」

「……貴女達《あなた》」

私の親友達も仕事大好き人間だったようです。

ステラ様が人差し指を立てられました。

「ええ、ちゃんと見ていたわ。でも、明日はきちんと休まないと駄目よ？」

「「は、はい」」

ハワード公女殿下主従は息の合った返事。付き合いの長さを感じます。

「リィネさん」

「は、はいっ！」

次期ハワード公爵になる美少女に名前を呼ばれ、私は背筋が伸びました。

「敵情偵察は大事な任務です。でも、貴女が傷つかれたら、悲しまれる人もたくさんいるのを忘れないでください。ふふ――ティナとエリーは、一日中ずっとそわそわしていて」

「！　お、御姉様っ！」「！　ス、ステラお姉ちゃん、い、言っちゃ駄目ですぅ」

「……あ」

ティナとエリーが慌てた様子で、ベッドの上に立ち上がりました。

二人の両頰はほんのり赤くなっています。

——私って馬鹿ですね。悩む必要なんてなかったのに。

左手で心臓を押さえ、慈愛溢《あふ》れるステラ様の視線を受け止めます。

「ありがとうございます。気を付けます」

「アレン様の受け売りです。カレンは後でじっくりね。フェリシアも文句を言い足りないみたいだし」

「……覚悟しておくわ。フェリシア、そろそろ放して」

「やだ。一緒のベッドで寝るっ！」

「……もう」

室内がのんびりとした空気に包まれます。

これで、姉様と兄様がいらっしゃれば……。

ティナとエリーに髪を弄《いじ》られていると、扉がノックされました。

「失礼致します」「失礼しま～す♪」

「エマ？　リリー？　何かあったの？」

部屋に入って来たのは黒茶髪と紅髪《あかがみ》のメイド。

リリーはともかく、エマがこんな時間に？　あと、サリーさんがいません。

引いて来た台車には、古書が積み重ねられています。

小首を傾《かし》げていると、長い紅髪の従姉《いとこ》が指に絡《から》めている小鳥の鍵を見せてきました。

「うふふ～♪　ティナ御嬢様、フェリシア御嬢様、御要望の品ですよぉ☆」

「「！　やったぁ！」」

二人が瞳を大きくし、歓声をあげました。

それだけに収まらず、ベッドから降り「フェリシアさん♪」「ティナさん♪」と呼び合いながら、両手を繋《つな》いで嬉《うれ》しがります。

私は楽しそうにしている年上メイドへ問いかけました。

「リリー？　それって書庫の鍵よね？　あと、この本はどうしたの？？」

「えっとですねぇ……」

「御嬢《おじょう》様達が『アトラス侯国の歴史や地理を出来る限り、調べておきたい』と仰《おっしゃ》りましたので、大旦那様が快く許可を」

扉の近くにいるエマが簡潔に教えてくれました。

王国四大公爵家の一角である我がリンスター家の書庫の文献を、他家の人間に見せる。

御祖父《おじい》様達の懐《ふところ》の深さはこういう所に表れてきます。

姉様と一緒に初めて南都に来られた時、兄様にも許可を出されていましたし。

……あの時は、兄様が書庫に入り浸り過ぎて姉様の御不興を買われていましたね。

ティナの前髪が左右に揺れています。

「よ～しっ！　リィネ、エリー、頑張りましょうっ！」

「……え？」「は、はひっ？」

時刻は深夜。窓の外も漆黒の闇に包まれています。

なのに……今から文献に当たる、と⁉

フェリシアさんも眼鏡を直され、拳を握り締められました。

「要塞内の敵兵数は目算がついています。後は食料事情と水源が分かれば立て籠もれる最大日数等の算出も可能……こうしてはいられませんっ！」

こ、この二人は……。

私が呆《あき》れながら窘《たしな》めようとすると、リリーが世間話をするかのような口調で、とんでもない噂《うわさ》を口にします。

「張り切っておられますね～☆　あ、そう言えば――うちの書庫の文献の中には、お化けを呼び出す物が紛れているとかっていう噂がありましたっけ？　何でも、古い古い召喚魔法の魔法式が込められているって。ですよね、エマ？」

「「……えっ？」」「お化け？」

私とエリー、フェリシアさんの声が重なり、ティナは小首を傾げました。

知的なメイド隊第四席が答えます。

「あ～そんな噂もありましたね」

「～～きゅっ！」

先程までやる気を張らせていた眼鏡少女《みなぎ》が、ベッドに倒れ込みます。

カレンさんが目を細められ、頭をぽん。

「……フェリシア、調べるのは明日にしておけば？」

「あ、足が痺《しび》れただけっ！　べ、別にお化けが怖いわけじゃ……も、もうっ！　カ、カレン、笑わないでよぉ‼」

上半身を起こし、ぽかぽかとフェリシアさんがカレンさんの腕を叩かれます。

可愛らしい光景で、現実逃避をしていると——左袖が引かれました。

視線を向けると、エリーの弱々しい訴え。

「あぅぅ……リ、リィネ御嬢様ぁ……」

「……大丈夫よ、エリー。大丈夫」

心を落ち着かせ、今すぐにでも文献を読み始めようとしている公女殿下へ声をかけます。

天使なメイドさんは私が守ってみせるっ！

「ティナ、読むのは明日に――」「リィネ。もしかして怖いんですか？」

最適な返し。両手を合わせ、満面の笑みを浮かべているのが憎らしい。

……そうでした。

この子は王立学校首席合格者。侮《あなど》ってはいけません。

視線を逸《そ》らし、早口で否定します。

「……そんなわけないでしょう。私はリィネ・リンスター。お化けなんて、出て来た所で燃やしてやりますっ！　でも……でもですね」

「あ、大丈夫ですよ？　怖いなら、私が手を握っていてあげます」

「っ！　こ、この首席様ぁぁっ！」

「きゃーお化けが怖い次席様が襲って来ますー☆」

私が摑《つか》みかかろうとすると、ティナは、ひらりと身を躱《かわ》しベッドの上に飛び乗りました。

わなわな、と身体《からだ》を震わせながら睨《にら》みつけていると、

「はい、そこまで」「ティナ、フェリシア、そのへんにしておきなさい」

「御姉様、カレンさん……」

ステラ様とカレンさんが意気盛んな首席様を窘め、立ち上がりました。

苦笑しながら、薄蒼髪《うすあおがみ》の公女殿下が許可を出されます。

「全部は駄目よ？　明日も朝練するんでしょう？　私とカレンは紅茶を淹《い》れてくるわ」

「やったぁ！」「うぅ……ス、ステラぁ、カレン……」

ティナがはしゃぎ、フェリシアさんが震えられます。

……あれ？

リリーはともかくエマもいるのに、ステラ様達が紅茶を淹れに？

ティナがベッドの上で無い胸を張りました。

「フェリシアさんっ！　私達がついてますっ‼　さぁ――調べましょうっ！」

「人数に含まれてっ⁉」「あぅあぅ」「ティナさん……」「元気ですね～」

私とエリーが愕然《がくぜん》とし、フェリシアさんは瞳に意志を漲らせ、リリーがのほほん。

待機していたエマが、片膝をつき蒼褪《あおざ》めている眼鏡の先輩の両手を握り締めました。

「フェリシア御嬢様――不肖、このエマにお任せ下さいませ。不埒《ふらち》なお化けなぞ、御嬢様には指一本触れさせませんっ！　ステラ御嬢様とカレン御嬢様、紅茶の準備はサリーさんが行ってくれています。本日の茶葉は王都の品だそうです」

……混乱下にある王都の？

不思議に思っていると、リリーが私を抱きしめてきました。

「あ、ち、ちょっとっ！」

「読み始めますよぉ～♪　――お化け、出て来るといいですね★」

「楽しみですっ！」「ひぅっ！」「で、出てこないわよっ！」「うぅぅ……」

私達は、それぞれ古書を手に取ります。

ステラ様とカレンさんが部屋を出て行かれ――ふと、振り返ると深刻そうな表情の御二人の顔が一瞬見え、扉が、バタンと音を立てて閉まりました。

＊

「おや？　もう、終わりですか？　リィネ？　ティナ？」

目の前に立つ、王立学校の制服を着たカレンさんは淡々とした口調で、私達に問いかけてきました。手には武器も持っていません。

「くっ！」「あ、あれだけの数の炎弾と氷弾を全部躱したっ⁉」

早朝から非現実的な光景を目《ま》の当たりにして、私達は慄《おのの》きます。

屋敷《やしき》の内庭に臨時で設けられた訓練場の地面は所々が黒焦げになったり、砕けた氷塊が転がっているので、夢ではなさそうですね……。

南都に来て以来、毎朝、交代交代で挑んでいるのですがまだ一回も勝てません。

訓練場の外側では、ステラ様、フェリシアさんと観戦しているエリーが一生懸命応援してくれます。

「テ、ティナ御嬢様、リ、リィネ御嬢様、頑張ってください！」

……昨晩、あんなに怯《おび》えていたのに、何て健気《けなげ》な。

隣で杖《つえ》を構え、白の軍服姿の首席様はシーダを抱えているリリーと一緒に、本を読みながら散々私達を脅《おど》かしましたけどねっ。

訓練場一帯に紫電が飛び散り、カレンさんの宣告。

「今度は私から行きますっ！」

雷を纏《まと》い狼《おおかみ》族の少女が急加速。

咄嗟《とっさ》に姉様の剣を横薙《な》ぎにし、叫びます。

「ティナ！」「分かって、ますっ！」

私達は炎属性初級魔法『炎神波《えんじんは》』と氷属性初級魔法『氷神波《ひょうじんは》』を同時発動。

カレンさんが得手とされているのは、『雷神化《らいじんか》』を主軸とする高速接近戦。

魔弾の速射では捉えきれませんでしたが、これならっ！

「良い戦術判断ですが」

「なっ⁉」「くぅっ！」

炎波と氷波に、カレンさんが雷を纏わせた左手を突き出され――衝撃と共に、炎波と氷波をあっさりと突き破りました。私達は腕を掲げて防御。

カレンさんが獣耳と尻尾を逆立てながら、聞いてきます。

「これくらいの炎と氷ならば問題なく貫けます。そろそろ終わりにしますか？」

「まさか」「本番はこれからですっ‼」

私は未《いま》だに持ち慣れない剣を構え、ティナも杖を握り締めます。

こういう時、この子の快活さには救われますね。言葉にはしませんけど。

「その気概や良し。けれど――」

「「っ⁉」」

首元を、そっと触られました。

――後方からカレンさんの涼やかな指摘。

「気合だけで勝ちを渡す程、私は甘くありません。ティナ、リィネ――貴女《あなた》達、戦場なら今ので死んでいましたよ？」

「くっ！」「くぅっ！」

私達は慌てて振り向き、焦《あせ》りながらも剣と杖を構え直しました。

手を組み、心配そうにエリーとシーダが私達を見守っています。

「あぅあぅ……ティナ御嬢様、リィネ御嬢様………」

「月神様……カレン様はもしかして、教典に書かれていた雷を纏いし狼様なんでしょうか？　神々《こうごう》しい御姿です」

……教典？　気になる言葉ですが、今はそれどころじゃありません。

何故《なぜ》ならば――今日最大の紫電が一帯に走りました。

カレンさんの手には二本の短雷槍《らいそう》が顕現しています。兄様考案の新技です。

「わっ！　……きゅう」『フェリシア御嬢様！』

耐雷結界が激しく音を立て、それに驚いたフェリシアさんが目を回されました。

待機していたエマとサリーさんが介護します。手慣れていますね。

私は意識を目の前の強敵に戻し、名前を呼びました。

「……ティナ、提案があります」「……奇遇ですね、リィネ。私もですっ！」

「む？」

「「やぁぁぁぁ！！！！」」

私達は密《ひそ》かに紡《つむ》いでおいた、炎属性上級魔法『灼熱大火球《しゃくねつだいかきゅう》』と氷属性上級魔法『氷帝《ひょうてい》吹雪《ふぶき》』を同時発動！

猛火と吹雪が荒れ狂い――カレンさんを覆い尽くしました。

剣を強く握りしめ、ティナへ告げます。

「駄目です。効いていません」

「カレンさんは、王都で模擬戦をしていた時よりも強くなっています。御姉様の出された条件――『使う魔法は上級まで』は、私達に不利です！」

極致魔法を使えないだけで、此処《ここ》まで苦戦を強《し》いられるなんて……ステラ様は正確に私達の力量を把握されているようです。

頭の中で兄様のメモを思い起し最終確認し、同意します。

「ええ。しかも、中級以上の魔法で補おうにも……『溜《た》め』の間が作れません。カレンさん相手では上級魔法一発が精々でしょう。ティナ」

「リィネが前！　私は後ろで魔法を準備しますっ！」

そう叫び、首席様は杖を掲げました。秘策があるようですね。

私も剣を構え――同時に二発の上級魔法が吹き飛ばされ、消失しました。

瞳を紫に染め、カレンさんが双短槍を回転させました。

「相談は終わりましたか？　私も色々と試したいので――」

「っ⁉」

――早朝の空気を切り裂く、金属音が響きました。

辛《かろ》うじてカレンさんの攻撃を剣で受けた私の足が、地面に沈み込みます。

「少し強くいきます」

「リィネっ！」「集中っ！」

ティナへ鋭く返し、紡いでおいた魔法を発動。

剣が炎を纏い、カレンさんを押し返します。

狼族の少女の瞳が細くなりました。

「……昨日よりも様になってきましたね」

「はいっ！　私も姉様の剣にようやく慣れてきたところです。予《あらかじ》め謝っておきますね？

勝ってしまったらごめんなさいっ！」

「！」

身体強化魔法を全解放。カレンさんを弾《はじ》き飛ばし、後退を強います。

副生徒会長さんは空中でヒラリ、と身体を翻《ひるがえ》し、着地されました。

「……貴女を侮《あなど》っていたようです。だから」

「なっ⁉」

狼族の少女の手にあった双短槍が伸び、魔力も比べ物にならないくらい強大化。

雷槍の左右同時展開⁉

カレンさんが、嬉《うれ》しそうに自慢してきます。

「兄さんは酷《ひど》い人なので『短剣無しで訓練してみようか？　まずは短槍。次に雷槍。何《いず》れ、短剣が元の斬れ味を取り戻した時の為《ため》に。カレンならすぐ出来てしまうだろうけどね』なんて、簡単に書いてくるんです。困ってしまいます」

「賛成です～♪　アレンさんは酷い人です～☆」

リリーが左手を挙げると、例の腕輪が朝陽《あさひ》でキラリ。

『…………』

目を回されているフェリシアさんを除いて、私達は腕輪を親の仇《かたき》のように睨みつけました。兄様とお揃《そろ》いなんて許されませんっ。

カレンさんとも頷《うなず》き合います。制裁は後程っ！

──屋敷に遮られていた陽光が差し込んできました。

それを合図とし、私とカレンさんは同時に疾走を開始。

訓練場中央で激しく、剣と雷槍とを打ち合います。

限界に近い水準で身体強化を重ね掛けしているのに加え、兄様のメモに書かれていたもう一つの課題──ここっ！

左手から繰り出された雷槍を完璧に躱《かわ》し、右手の雷槍を切り払います。

驚いた表情のカレンさんが後退し、膝を曲げて着地。純粋な称賛。

「魔力感知、遂《つい》に成功したようですね？」

「ずっと訓練は続けていましたからっ！」

『毎日、訓練は欠かさないこと。そうすれば、リィネはもっともっと前に進んでいける。何れ──リディヤの背中にだって追いつけるさ』

初めて会った時から、会う度に兄様は私へそう言ってくださいました。

……分かっています。

私の才は、『緋天《ひてん》』リンジー・リンスター。『血塗《ちまみ》れ姫』リサ・リンスター。『剣姫《けんき》』リディヤ・リンスターに及ばない。

けれど……だからといって、それは私が努力しない理由にはなり得ない。

兄様の魔力は常人以下。家柄だって、恵まれてはいない。

でも……誰よりも誰よりも御強い。

私はそんな兄様の——アレンの教え子。

たとえ、相手が誰であろうと挫《くじ》けてなんていられないっ！

カレンさんが雷槍を消され、立ち上がられました。

「その表情……姉妹なんですよね。嬉しいような、今後困るような。……複雑な気分です。リィネには今頃、水都で兄さんを独占して御満悦な『剣姫』様のようになってほしくないんですが………」

私は何処《どこ》かの首席様よりもあると自負する、胸を張ります。

「安心してください。姉様のようにはなれませんし、なるつもりもありませんっ！」

「——……悪くない答えです」

後方のティナの魔力が安定してきました。準備が出来たようですね。

カレンさんが叫ばれました。

「リリーさん、エマさん、サリーさん、エリー、強めの障壁をお願いしますっ！」

「はい～」「お任せください」「畏《かしこ》まりました」「は、はひっ！」

ただでさえ厚い魔法障壁が更に分厚くなりました。

狼族《おおかみ》の少女は不敵に微笑《ほほえ》み——腰の短剣を一気に引き抜き、空に放り投げました。

『!?』

私達だけじゃなく、観戦しているみんなも驚きに息を呑《の》みます。

——カレンさんの手に顕現していたのは、巨大な十字雷槍。

両手で持ち、目の前に突き出してきます。

「確かに——貴女達も兄さんの教え子です」

纏《まと》っている雷が形を変えて行き、巨大な『狼』を象《かたど》っていきます。

「でも、兄さんに魔法を習ったのは私が誰よりも早いんですよ？　それを忘れてもらっては困ります。全力で防御を。この技は強力ですっ！」

「ティナ！」「何時でもいけますっ！」

即座の反応。次が最後でしょう。

剣を両手持ちにし、全魔力を注ぎ込みます。

私とカレンさんの視線が交錯し——同時に突撃！

真正面から炎を纏った私の剣と巨大な十字雷槍とが激突しました。

「っ！　ぐぅぅぅ‼」「そんなもんですかっ！」

地面に亀裂が走り、炎と紫電が魔法障壁全体を揺るがします。

でも──駄目っ！　押し切られるっ!!

「リィネっ！」

ティナの心配そうな叫びが聞こえてきました。

……優し過ぎるんですよ、貴女はっ。

剣の炎が形状を変化させ茨となり、十字雷槍を拘束していきます。

「っ！　これは兄さんの!?」

「私も──私だって成長しているんですっ！　何時までも、子供じゃないっ!!」

柄を離し、私は後方へ跳びました。

「ティナ！」「いきますっ！！！！！！！！」

首席様が杖《つえ》を振り下ろします。

氷属性上級魔法『氷帝吹雪』の四発同時発動が、カレンさんに襲い掛かりました！

「……ティナ。やり過ぎです。これだから、首席様は……まぁ、上級魔法を自力で四発も制御出来るようになったのは凄《すご》いですが……」

吹雪が収まり半ば氷原と化している臨時訓練場内に、私の呆《あき》れた声が響きました。

──良かった。結界は貫かれていません。池は凍ってしまっていますが。

小高い氷の丘の上にいた公女殿下が降りて来ました。

「こ、これでも精一杯制御したんです。でも――やっぱり継続は力ですね。先生の言うことに間違いはありません」

「『基本的な魔法制御ばっかり……リィネとエリーは贔屓《ひいき》されています』って、何度も言ってたのは何処のどなたでしたっけ？」

「私じゃないですっ！」「貴女《あなた》ねぇ――……いえ、待ってください」

何時《いっ》も通りのやり取りを始めようとした私達は、前方の巨大な氷塊に目線を向けました。

瞬間――氷塊がバラバラに切り裂かれ、薄蒼髪《うすあおがみ》の公女殿下の瞳に感嘆が浮かびます。

――氷霧の中から、無傷のカレンさんが姿を現しました。

黒の短剣を納められ、拍手。

「ティナ、リィネ、悪くなかったです。今朝はこのへんにしましょう」

「「は〜い」」

私達は元気に返事。

剣を鞘《さや》へ仕舞うと同時に無数の炎花が舞い踊り、残っていた氷塊が消えていきます。

リリーの魔法です。実力はあるんですよね、実力は。

「ティナ御嬢《おじょう》様、リィネ御嬢様〜！」

「わぷっ」「きゃっ」

駆けて来たエリーが、私達に抱き着いてきました。

瞳をキラキラさせて褒めてくれます。

「御二人共、とっても、とっても凄かったです！　私も、もっと、もっと頑張らなきゃっ、って思いました‼　明日は、私も頑張りましゅっ！　……あぅ」

「「――ぷっ」」

私とティナは吹き出し、エリーが「あぅあぅ、笑わないでくださいぃぃ」と愚図ります。

こういう朝も悪くないですね。

遅れて、ステラ様とリリーも歩いて来ました。

フェリシアさんは……まだ目を回されています。朝食に間に合うでしょうか？

「――大規模氷魔法による凍結。対帝国戦の際、うちの家と各家は路《みち》を凍結させて進軍した事例もある。全属性中最も貫通力に優れるのは雷属性。カレンの破砕槌《づち》とも言える巨大雷槍《らいそう》。これなら……」

真剣な表情で次期ハワード公爵の少女が考え込まれています。

私はおずおず、と尋ねました。

「ステラ様？　……どうかされたんですか？？」

すると、はっ、とされて恥ずかしそうに、はにかまれました。

「――少し考え込んでしまって。ティナもリィネさんも、とても努力されているんですね。私も頑張らないと。あら？」

「やぁやぁ。今朝も派手にやったようだね」

訓練場にやって来られたのは、御祖父様《おじい》――前リンスター公爵を務め、現在は本営を統括されているリーン・リンスターでした。珍しくメイドを従えています。

「おはようございます、御祖父様。あと――ケレブリン？」

美人メイドは穏やかに笑い、私へ無言で会釈《えしゃく》してきました。

昨日、私達の護衛を務めてくれた彼女が南都に？

御祖父様が懐《ふところ》から書簡を取り出し、広げられました。

「皆、おはよう。早速だが――前線のリンジー達から意見書が届いた。見てほしい」

『！』

私達は顔を見合わせ、書簡の中身を確認し、もう一度お互いの顔を見ました。

……好ましい流れではありません。

ステラ様が問われます。

「……リーン様、これは決定事項なのでしょうか？　『アトラス侯都に対する、総攻撃も考慮に入れられたし』とは……」

「いや。ただ、本営内でも強硬策の意見が大きくなりつつあるのも事実だ」

「私は反対です。早期攻略を行い水都への連絡線を構築するのは重要ですが、難攻不落の要塞を強攻すれば、多大な犠牲は避けられません」

ステラ様が自分の意見を述べられました。

凛《りん》とし、堂々とした態度。

ティナとエリーが頰を紅潮させ、カレンさんも嬉《うれ》しそうです。

「私もだよ。けれど――連合で変事が起こっている。時間もそうなさそうだ。故に」

そこで気づきました。水都は遠く、グリフォンで往復出来ない距離にあります。

その為《ため》――送り込む者は如何《いか》なる状況をも打開出来る者でなければなりません。

美人メイドがスカートの裾を摘み、優雅に頭を下げました。

「ケレブリン・ケイノスを水都へ派遣する。リディヤやアレンと合流し、情報を持ち帰ってくれれば、より正しい判断が出来るだろうからね」

# 第2章

「みてみて、シンディ姉様！　新しいごほんがきたの～」

「ベッドも新しくなって、ふわふわなんだぜっ！」

「えへへ……この服もです」

「ノートとペンも買ってもらいました。いっぱい勉強します。――何時かシンディお姉ちゃんやサキお姉ちゃんみたいに、あたしもリンスターのメイドさんになりたいです」

　南都郊外にある孤児院の庭に、子供達の嬉しそうな声が響いた。

　溢《あふ》れんばかりの笑顔で自然と嬉しくなる。

　私――つい先日、栄えあるリンスター公爵家メイド隊第六席に任じられたシンディは、膝を曲げ、柔らかく降り注ぐ日差しの中、みんなに話しかけた。

「へぇ～新しい本が入ったんだぁ、凄いね！　ベッドと服もいいなぁ。いっぱい勉強したら、絶対なれるよ～♪　あ――先生が呼んでるよー？」

「わわわ、行かなきゃ！」「シンディ姉ちゃん、また後でなっ！」「色んな話を聞かせてほしいです」「魔法も教えてください」名残惜しそうにしながら、建物から出て来た若い猫族の女性の下へ走っていく。

私と、同じ第六席を任されたサキが孤児院にいた頃にはいなかった人だ。

子供達の元気と初夏の陽光に当てられた私は、近くの木製ベンチに腰かける。

麦藁帽子のつばを指で上げ、自分の乳白髪と白のワンピースを弄《いじ》り、息を吐く。

「ふぅ……」

空が高く蒼い。夏が近いのだ。

何とはなしに——約十年間を過ごした孤児院を眺める。

教会を再利用した煉瓦《れんが》造りの建物。壁には蔦《つた》が這《は》い、窓硝子《ガラス》だって古めかしい。

けれど、此処《ここ》はかつての『私』が知らなかった人の温かさで満ちていた。

故に、この場所に連れて来られた時を——どんよりと曇り、冷たい雨が降っていた日をはっきりと思い出してしまう。

……未《いま》だ両手に染《し》みついていた濃い血の臭いと共に。

あの頃の私が、今の『シンディ』を知ったら、絶対に嘘《うそ》だと決めつけるだろう。

七歳の私は連邦で最も仄暗《ほのぐら》い——

「シンディ」

意識が孤児院の庭へと揺り戻った。

面会を終え帰って来た鳥族の少女――私と共に第六席を務めているサキを出迎える。

黒髪に混じった灰鳥羽《はいとば》が今日も綺麗《きれい》で、お揃《そろ》いの帽子と白のワンピースが可愛《かわい》い。

「あ、サキちゃん、お帰りなさい～。院長先生、元気してた?」

「ええ、とても。……貴女も会えば良かったのに」

ベンチに座りながら、同じ孤児院で育った親友が私を責めて来た。

若干の罪悪感を覚えつつ、私は普段の口調で返す。

「私はサキちゃんみたいにいい子じゃなかったし、気を遣わせたくないよー」

「確かに……それはそうですね」

「えーそこは味方をしてよぉ～」

十年以上一緒にいるのに、こういうやり取りは初めて会った頃から変わらない。

初夏の風が吹き、親友は綺麗な髪を手で押さえた。

庭で遊んでいる子供達を見つめる眼差《まなざ》しはただただ優しい。

「――みんな、元気ですね」

「足りていなかった本やノートとかが支給されたんだって。新しいベッドもっ！　私達み

たいに、リンスターのメイドさんになれるかって言ってる子もいたよー☆」

「それは、楽しみですね」

「だよねー」

会話が途切れる。でも——嫌じゃない。

孤児の私達にとって、お互いは肉親同然なのだ。

どっちが『姉』かについては、議論の余地が大いにあるけどっ！

子供達を飽かず眺めていると、鳥族の少女が口を開いた。

「シンディ」

「んー？」

「……変だと思いませんか？」

サキが私の顔を見た。同じ疑問を抱いているみたい。

「確かにリンスター公爵家を範として、南方諸家は孤児院への寄付に熱心です。けれど……予算は無尽蔵じゃありません」

「私達がいる時も、お腹《なか》が空いたりはしなかったけど、新しい物は中々買えなかったもんね。凄い資産家さんが寄付でもしてくれたのかもー？」

「その可能性もありますが……」

親友は釈然としない様子だ。

――凄《すご》い資産家さんが寄付。

そんなのが然《そ》う然《そ》うあったら、私達は硬くて古いベッドで過ごすこともなかったし、ノートやペンだってたくさん使えただろう。

私達がメイドになって以降始めた寄付額じゃ、日々の食事代も賄えない筈《はず》だ。

いったい、資金の出所は……。

「気になりますか？　サキ、シンディ」

「「！」」

明るい声が耳朶《じだ》を打った。

自然と背筋が伸び、立ち上がって敬礼。

「メ、メイド長、お疲れ様です」「お、お疲れ様でーす」

そこにいたのは、栗《くり》茶髪でメイド服を身に着けている小柄な女性だった。

――リンスター公爵家メイド長のアンナ様だ。

普段通りのにこやかな表情。昔を思い出し、首筋が冷たくなる。

「お疲れ様です。休日なのに奇遇ですね」

「メイド長、王都に行かれていたのでは？」

サキが先に疑問を聞いてくれた。

……助かる。

私はこの人の前だと緊張してしまう。孤児院に連れて来た張本人だし。

アンナ様が両手を合わせ、嬉しそうに教えて下さる。

「うふふ♪　リディヤ御嬢《おじょう》様が今年もアレン様をお連れして、南都で夏季休暇を過ごされるので、その準備もあって先に帰って来ました☆」

リディヤ御嬢様——リンスター公爵家長女にして、十五歳という若さでありながら『剣《けん》姫《き》』の称号を持つ、王国の次世代を担《にな》う御方。

アレン様は、リディヤ御嬢様が王立学校で出会われて以降、夏季・冬季休暇の際も行動を同じくされている少年。

メイド達に回って来た情報によると、東都出身で狼《おおかみ》族の養子。

——私達と同じ『姓無し』だ。

リディヤ御嬢様の想《おも》い人、というのがメイド隊内の共通認識だけれど、未だ会ったことがない。サキに続いて質問してみる。

「えっと……孤児院の待遇が良くなった理由を教えていただけますか……？」

風がそよぐ中、メイド長が数歩進まれた。

視線の先には先生の話を聞いている子供達。

「設備が良くなったり、子供達に与えられる物品が増えたのは――ある御方からの寄付があったからです。此処だけでなく、南方各地の都市もですが」

「「…………」」

鳥族の少女と顔を見合わせる。そんな夢みたいな話が実際に？

サキがメイド長に尋ねた。

「その方の御名前をお聞きしても……？」

「書類上の寄付者は『リディヤ・リンスター公女殿下』です」

「「！」」

リンスター公爵家としてではなく、御嬢様が個人で寄付を⁉

アンナ様が誇らしそうに話される。

「王立学校に入学されて以来――リディヤ御嬢様は数多《あまた》の武勲を挙げられ、国庫から莫大《ばくだい》な報奨金が出ております。それを元手とし運用を行い、剰余金を南都、東都と各地の孤児院や、勉強をしたいと思っている子供達に支援を為《な》さっておられるのです」

「ですが……」「い、幾ら何でも規模が……」

私達がメイドになった当時のリディヤ御嬢様は、外の人間に関心を持たれなかったように思う。だから、王立学校を目指されたのには驚いた。

——そんな御嬢様は、王都に行かれて大きく変わられた。

見違える程、明るく美しくなられ、私達へのお声をかけてくださることも格段に増えたのだ。アンナ様が頭を振られた。

「無論、御嬢様の報奨金だけで賄える額ではございません。あくまでも書類上の話です」

「……では」「どなたが……？」

メイド長が私達の前に居住まいを正された。

「署名及び孤児院への寄付の発案者はアレン様です。あの御方にも報奨金は出ておりますが、御両親への仕送り分と妹様の学費及び必要な資金以外を寄付されています。『僕は時々、リディヤにお茶とケーキを奢《おご》れる分があれば十分です』と」

「「っ！」」

衝撃が走り、身体《からだ》が震えた。

……十五歳の、しかも『姓無し』の少年がそれ程の額の寄付を⁉

固まっている私達を見て、アンナ様が苦笑される。

「俄《にわ》かには信じ難《がた》い話でしょうが、全て事実です。奥様と旦那様も初めは『そこまでさせるわけには……』と仰《おっしゃ》られていましたが、アレン様の強い申し出でしたので」

「……アンナ様、アレン様とはどのような御方なのですか……？」

サキが質問すると同時に風が吹いた。

私達が帽子とスカートを慌てて押さえる中、メイド長は目を細められる。

「良い御方です。とても良い御方です。優しく、穏やかで、自己の研鑽《けんさん》を止められず、弱き者に手を伸ばし、見捨てない。それでいて自己評価は苛烈そのもの。何《いず》れ必ず、大陸全土に名を轟《とどろ》かせる新しき時代の英雄になられるでしょう。何より――」

目を閉じられ、心臓に手を置かれた。

心底から思っているのが容易に理解出来る御顔。

「アレン様のお傍《そば》にいるリディヤ御嬢様は何時《いつ》も、何時も笑っておられます……『忌《い》み子』なぞと蔑まれ、笑みを忘れておられたあのリディヤ御嬢様がです」

「「…………」」

私達は沈黙する他はない。

メイド長は赤ん坊だった頃からリディヤ御嬢様を見てきているのだ。

その想いの強さは、リンスターのメイドであれば誰もが知っている。

アンナ様が蒼穹《そうきゅう》の空を見上げられた。

「まだリディヤ御嬢様が赤子だった砌《みぎり》……奥様に抱かれながら私の手を……死と血と汚辱に塗れたこの手を握って下さった際の震えるような感動と、天使の如《ごと》き微笑《ほほえ》み……忘れることは出来ません。アレン様はその笑顔を御嬢様に取り戻して下さった御方。そして、故郷もなく、肉親もいない私にとってそれは——」

孤児院の庭に子供達の歓声が響き渡った。手には新しい本や玩具《おもちゃ》を持っている。

私達は自然と表情を綻ばせ、アンナ様も微笑まれる。

「世界で最も価値あるものだったのです。サキ、シンディ——貴女《あなた》達にとって、あの子達の笑顔がそうであるのと同じように。何も難しく考える必要はありません。これは、そういう話なのですよ」

「——はい」「……はい」

隣のサキがはっきりと答え、言い淀《よど》んだ私は胸に重しを置かれた気分になる。

私の両手は、この親友の女の子と違って血に汚れているのだ。

連邦の実験生物として育てられ、名前すらなかった私は、南都の地で『シンディ』になり——サキと出会い心を救われた。

だから、もし……もしも、私達がアレン様に出会った時、そして、それが危険を伴う場だったのなら、私が為すべきことは――……。

＊

「――シンディ。起きて、シンディ」


身体を揺すられ、目をゆっくりと開ける。

そこには、綺麗《きれい》な灰鳥羽《はいとば》混じりの黒髪メイド。寝ぼけながら、名前を呼ぶ。

「サキ……ちゃん？」

「おはようございます。……やっと起きましたね」

呆《あき》れ混じりに、親友が腕を組んだ。

私は寝ていた堅牢《けんろう》なソファーから上半身を起こし、室内を見渡す。

四方の壁には古い本棚と魔力灯《とう》。

幾つかのベッドとソファーが置かれ、テーブルと椅子は片付けられている。

大きな窓の外に見える内庭からは晩夏の日差し。

「えっと……此処《ここ》って……」

ようやく記憶が覚醒してきた——そうだ。

此処は侯国連合の中心都市、水都北方。植物に呑《の》まれつつある迷宮の如き廃墟《はいきょ》街。

街自体は数百年前に放棄されながら、連合の名門ニッティ家の書庫として秘密裡《ひみつり》に使われている七角形の古い屋敷《やしき》の中。

高級ホテル『水竜の館』に滞在していた一昨日《おととい》の闇曜日の晩——ニッティ家次男ニコロを狙い、カーライル・カーニエン侯爵と『使徒』を名乗る聖霊教の魔法士が襲撃をかけてきた。

対して、リディヤ御嬢様とアレン様、私達で迎撃し、撃退したものの……追撃を行った御二人は古《いにしえ》の英雄『三日月』を名乗る吸血姫と『七竜の広場《しちりゅうのひろば》』で交戦。

全力を超える魔力を振り絞られたリディヤ御嬢様が激しく消耗された。

その為《ため》——アレン様の御判断とニッティ家長男ニケの提言もあり、昨晩、移動してきたのだ。水都の獺《かわうそ》族の協力が得られて助かった。

書庫の正確な位置を知っているのは、ニッティ家の人間と『水竜の館』支配人で食材等の手配を行っているパオロ・ソレビノ。搬入を担当している極々一部の獣人族だけ。

当面の間、襲撃を受けることはないだろう。

それでも警戒態勢が整うまで、サキと交代で仮眠をとっていたのだけれど……不覚にも眠り込んでしまったらしい。鳥族の少女が顔を近づけ、額をくっ付けてきた。

「サキちゃん？」「……熱はないようですね。良かった」

胸が詰まり、夢のこともあって親友を抱き締める。

私は妹が大好きなのだ。

「うん！　ごめんね～。あ、次はサキちゃんが寝る？　膝、貸すよー？」

「結構です。……本当に大丈夫なんですね？　強がりじゃないですよね？」

「大丈夫～大丈夫～☆」

サキは人の感情の機微に敏感だ。心配させたくはない。

リンスター公爵家メイド隊第六席の顔になった妹が、報告してくれる。

「小鳥達の配置と感知魔法設置は終わりました。ですが……南都との連絡は、大規模な魔法通信妨害もあって未《ま》だ出来ません。シンディ、私達の責務、理解していますね？」

「うん」

大きく頷《うなず》く。あの夏の日に誓った。

「何があっても、リディヤ御嬢様、アレン様、アトラちゃんを守り抜く」

「私達なら出来る筈《はず》です。万が一……いえ、何でもありません」

サキが言い淀み、頭を振った。私は気にしない振り。

でも──言いたいことは分かっている。

「さ、行きましょう。例の設備が動くのかを事前に確認しておかないと」

「うん～了解だよー♪」

元気よく応じ立ち上がって、丸テーブルの上にある無骨な双短剣を腰に提げた。

扉へ向かう優しい親友兼妹の背中へ改めて約束する。

「──大丈夫。リディヤ御嬢《おじょう》様もアレン様もアトラちゃんも、サキちゃんもメイド隊のみんなも、絶対に私が守ってみせるから。私の命に替えても」

「シンディ？　何か言いましたか？」

初めて会った時と変わらない、優しい女の子が振り返り聞いてきた。

両手を合わせ、否定する。

「ううーん。なっんにも～言ってないよ～☆　さ、行こー行こー。私達はメイドさんなんだから～♪」

＊

「書庫にある目ぼしい文献に当たってみましたが『礎石《そせき》』という言葉は魔王戦争以降、どの文献でも確認出来ませんでした。祖父に、『旧聖堂地下にある』と教えられたのは朧気に覚えているのですが……御力になれず申し訳ありません、アレンさん」

椅子に腰かけたまま、淡い青髪《がみ》で少女のように細い少年――ニコロ・ニッティが悔しそうに俯《うつむ》く。水色を基調としたメイド服を着ているトゥーナさんも心配そうだ。

僕は重厚な執務机の上に置かれた籠の中ですやすや寝ている幼狐《ようこ》――八大精霊の一柱『雷狐《らいこ》』のアトラを撫《な》でながら、少年に返答する。

「いえ、有難《ありがと》うございました、ニコロ君。申し訳ないんですが、引き続き調べて貰《もら》ってもいいですか？　『吸血鬼』『竜』についてもお願いします」

「は、はいっ！　何でも仰ってください。こんな風に頼ってもらったことがないので……僕、すっごい嬉《うれ》しいんです！」

頰を紅潮させて少年が意気込む。いい子だな。

僕は本棚と執務机、ソファーとベッドや脇机と椅子が数脚置かれている室内を見渡しながら考える。

「あ、でも、僕も一緒に資料を探しても良いかも――」

「こほん」

聞こえよがしな咳払《せきばら》い。

わざわざ僕の視界に入るようソファーの上に移動した紅髪《あかがみ》の美少女がジト目。

意味は『きゃっかー。きゃっかー。ぜったい、きゃっかー！』……ハイ。

少年とエルフの血が混じった健気《けなげ》な美少女に告げる。

「……では、ニコロ君、また夕食の時にでも。トゥーナさん、無理をしそうにしていたら、強制的に寝かしてください」

「はい。お任せください！」「ア、アレンさん⁉　ト、トゥーナまでぇ……」

美少女は意気込み、少年も不満を漏らしつつも扉の前で、頭を下げ出ていった。

――重厚な扉が閉まる。

僕は執務机上の古い文献を手に取った。

『竜　悪魔　吸血鬼』。水都の大図書館にあった古書と同じ物だ。

「さて、と……次の文献を」

ニコロ君達が出ていった途端、僕の近くににじり寄ってきた短く綺麗な紅髪で剣士服を着ている美少女――腐れ縁のリディヤ・リンスターに指を突き付けられる。

「あんたも休憩！」

王国四大公爵家の一角、南方を統《す》べるリンスター公爵家の長女にして、『公女殿下』の敬称を受ける本物の御嬢様なのに、はしたないっ！

……口には出さないけれど。

「リディヤ、でもさ」

「反論は許さないわよ？　……朝からずっと文献ばっかり読み続けてぇぇ。水都にいる間、あんたの名前は？　ホテルで書いたわよね？」

「……アレン・アルヴァーン」

「じゃあ──私は？」

ニヤニヤしつつ、リディヤは執務机に腰かけた。

僕が困るのを眺めて楽しんでいるのだ。両手を挙げて降参する。

「分かった。休憩にするよ」

「最初からそう言いなさい。で？　私の名前は⁉」

「リディヤ・リンスター公女殿下、『勇者』様の姓を使うのは不敬かと存じます」

「あんたが最初に書いたんでしょうっ！　……『リンスター』で良かったのに。バカ。意地悪。虐《いじ》めっ子」

「敵地。此処、一応敵地だから。君は休んで戦闘の消耗を回復させないと」

「回復してないのはあんたも一緒でしょー」

軽口を叩《たた》き合いながら、備え付けてある簡易キッチンへ二人で向かう。

炎の魔石に水を入れた金属ポットをかけていると、リディヤが紅茶の茶葉が入った硝子《ガラス》瓶を渡してくれた。

「──ん」

「ありがとう」

建物内の物は好きに使っていい、とニケから言伝《ことづて》を得ている。有難《ありがた》く使わせてもらおう。

お湯を沸かしている間に、改めて室内を見渡し、しみじみ感嘆を漏らす。

「凄《すご》い書庫だよなぁ……」

水都廃墟街の中心に位置する、ニッティ家の機密書庫は素晴らしかった。

元々は七角形の建物だったようだけれど増築を繰り返し、各所に広場があったりする。

原型を留《とど》めているのは見事な内庭くらいかもしれない。

各部屋の半分以上は本棚で埋め尽くされ、僕達がいる部屋の壁にも本棚。

内庭の植物の配置は、北都ハワード公爵の御屋敷内の温室や、リナリアとアトラが暮らしていた場所に似ている気がする。何か関係性があるんだろうか？

リディヤが腕組みをし、ジト目。

「一日中本を読み続けるあんたにこんな場所を提供するなんて……ニケ・ニッティは斬っ

て、燃やして、斬っていいのよね？」

「ダメです。むしろ感謝を。秘密の隠れ場所を提供してくれたんだよ？　水都一帯に大規模魔法通信妨害がかけられている以上、僕達は敵中で孤立している。妨害をかけている魔法士が個人とは思わないけれど、複数でもかなりの手練《てだ》れだ。回復するまでは隠れているのが最善手なんだからさ」

「……分かってるわよっ！」

公女殿下は不満そうに頰を膨らまし、ティーポットを渡してきた。

僕が朝から構わず文献ばかり読んでいたので拗《す》ねてしまっているようだ。アトラも、幼狐のままずっと寝ていたしなぁ。

炎の魔石を止め、沸いたお湯をティーポットへ注ぎ、手に持ち出口から内庭へ。

近くの丸テーブルの上に置く。

植物には人の手が入っていて、荒れ果てている様子はない。

小川のせせらぎに心が安らぐ。

『水竜の館』支配人兼ニッティ家元筆頭諜報《ちょうほう》官のパオロ・ソレビノさんの話によれば、かつては屋根に硝子が張られていたかもしれない、とのことだった。ますます何処《どこ》かで聞いた話だ。興味深い。

「……おいていくんじゃないわよ」

むくれたリディヤもやって来て、二人分のカップを丸テーブルへ置いた。

僕はカップにお湯を入れ温める。ソファーに腰かけ、隣をポンポン。

「おいで、リディヤ」

紅髪が漏れ出た魔力に反応しほんの僅かに浮かび上がり、頬がほんのりと赤くなるも、腕を組み、少女はそっぽを向いた。

「っ！　な、何よ。そ、そんな程度で、わ、私の機嫌を取れると思ったら、お、大間違いなんだからねっ！」

「そう？　なら、来なくてもいいけど」

僕は浮遊魔法を発動し、部屋の中からアトラが寝ている籠を外へと運ぶ。

恐るべき吸血姫との戦闘以降、不安になるのか僕達と離れるとすぐ起きてしまうのだ。

ソファーの脇に籠をおろすと、丸くなっている幼狐は寝ぼけながら尻尾を振った。

「……う～……そこは、おれてきなさいよぉ……」

むすっとしながらも、リディヤは僕の隣へと腰かけ、肩をくっつけてきた。

早口で難詰《なんきつ》される。

「ふんだっ。ひきょうものぉ。何時か夜道で刺されるんだから」

「刺されるようなことはしてないしなぁ」
お湯を捨てて、二人分の紅茶を淹《い》れていく。芳醇《ほうじゅん》な香り。
「してますぅ。小《ち》っちゃいのを優遇し過ぎなのっ！　指輪と腕輪もっ！」
「指輪と腕輪は反論出来ないけど、ティナを優遇しているつもりはないよ？　『氷鶴《ひょうかく》』と
ローザ様の件があるから、どうしたって時間は割いているけど」
「それを、世の中では、優遇って言っているのよっ！」
カップをリディヤに手渡し、僕は自分のカップにも紅茶を注ぐ。
リリーさんに東都で着けられた右手の銀の腕輪と、魔女に着けられた右手薬指の指輪が
キラリ、と光った。
小っちゃいの、というのは僕が家庭教師を務めているティナ・ハワード公女殿下の綽名《あだな》
みたいなものだ。その身に大精霊の一柱『氷鶴』を宿し、僕と出会うまでは一切の魔法を
行使出来ず『ハワードの忌《い》み子』と呼ばれていた。
王国四大公爵家の一角、北方を鎮護するハワード家の次女で、姉のステラ、名家ウォー
カーの跡取り娘であるエリー、リディヤの妹のリィネと一緒に、今は東都にいる筈《はず》だ。
紅茶を一口飲み、納得していない紅髪の美少女を諭す。
「ティナは僕が家庭教師になる切っ掛けを作ってくれた子なんだよ？　あと、『氷鶴』の

解放方法を探るのは絶対だ。君の中にいる大精霊の一柱『炎麟《えんりん》』にも関わる話だしね」

リディヤは顔を背け、鬱憤を吐き出してきた。

「……あんたを王宮魔法士の試験の後、王都に一人にするんじゃなかった。目を離したら、どう？　リィネとカレンは万歩譲っても、小っちゃいの、エリー、ステラ、フェリシア。剰《あまつさ》え、リリーまでっ！　折檻《せっかん》が必要かしらねぇぇ……」

「――リディヤ」

僕は公女殿下の肩に手を回して引き寄せ、頭と頭を合わせた。

来週の炎曜日に誕生日を迎える少女の体温が急上昇していく。

「ティナはある意味で僕や君と同じだ。僕には『忌み子』と呼ばれて辛《つら》い想《おも》いをした、君達の苦しみは分からないかもしれない。でも……他者からの侮蔑や排斥がどれだけ、心を傷つけるのかは理解出来る。僕があの時――王宮魔法士試験を落ちていなかったら、彼女はどうなっていたと思う？」

「…………」

今より二百年前に起こった魔王戦争における大英雄『流星のアレン』の副官だった、『翠風《すいふう》』レティシア・ルブフェーラ様によれば――『忌み子』は二十歳《はたち》までに死ぬ。もしくは『悪魔』となり、人の敵となる。

そして、四大公爵家は王国の『剣』であり、『盾』。

ならば……その決断は苛烈極まるものとなっていたのは容易に想像出来る。

目を開け、リディヤの瞳の涙を指で拭う。

「君がティナを可愛《かわい》がっているのは知っているよ？　だからこそ」

「……うん。ごめんなさい、アレン。ありがとう、叱ってくれて」

素直な謝罪。僕の公女殿下は優しく聡明《そうめい》なのだ。

暫《しばら》くそのままの姿勢で二人して紅茶を飲む。

風が植物の枝を揺らし、海鳥達が北方へ飛んでいく。

何気ない口調で話しかける。

「リディヤ、思考の整理に付き合ってほしいんだけど」

「んー」

既に紅茶を飲み終え、僕の腕輪を弄《いじ》っている公女殿下は短く応じた。

魔法の訓練も兼ねて空間に地図と文字を描いていく。

「まずは王国——特にリンスターが置かれている状況だ。オルグレンの動乱に乗じて、侯国連合は旧エトナ、ザナ侯国奪還を企てて侵攻。でも、某公女殿下の活躍もあり、アヴァシーク平原で阻《はば》まれた。禁忌魔法はもう駄目だよ？」

「…………あんたがわるい。次は絶対にゆるさない…………」

本気の声色。同時に——微《かす》かな怯《おび》え。紅髪《あかがみ》に触れ、謝る。

「うん、そうだね。ごめんよ」

「……バカ」

体勢を変え、リディヤは僕の胸に顔を埋《うず》めてきた。

上目遣いで『撫《な》でて』。

動乱以降、精神がやや弱っていることもあり回復が必要らしい。

ゆっくりと頭を撫でながら、続ける。

「アヴァシークの会戦後、アトラス、ベイゼル侯国軍は両侯都に籠城《ろうじょう》。ニケの話を鑑《かんが》みると、領民を見捨て二侯爵も水都へと脱出済みだ。理由は『十三人委員会に出席する為《ため》』かな？」

「フェリシアの策で両国間には亀裂が走っている。何《いず》れどちらも落とせるわ」

リディヤが冷たく言い放つ。

そう——落とせはするのだ。問題は時間。

「まともな防衛用の城砦《じょうさい》がないベイゼルはともかく、アトラスの侯都を守る『七塔要塞《しちとうようさい》』は時間がかかるだろうね。侯爵の留守を預かっている将次第だけど。次は僕達の状況だ。

東都から王都に呼び出されたら、ジョン王太子を旗印に掲げる貴族守旧派に無理難題を突き付けられて、なし崩し的に出奔。水都へやって来た。そしたら……」

「あんたの立場は『水都駐留直接交渉窓口』。今回の一件が終われば、晴れて公的文書にも認められる手筈《てはず》になっている。……うふふ～♪」

僕の首筋に指を走らせながら、公女殿下が楽し気だ。

肉食獣に狙われる幼気《いたいけ》な子鼠《こねずみ》の気持ちの図が、脳裏に浮かんだ。

籠の中のアトラが獣耳をピクピクと動かした。

「……で、水都を観光中、連合のピルロ・ピサーニ統領が接触してきた。リンスターとの講和を模索してね。そして、僕も私的な講和案を作成し提案した。内容を教えておくと」

「無人地帯であるアヴァシーク平原の割譲及び水都への空路開設。理由は『両国間における交流を活発化させる為』。御祖父様《おじいさま》やフェリシアはもっと過酷な講和案を考えていただろうけど……あんたの案ならば、領土割譲は最小限。最悪、二侯国全土の割譲すらも考えていた侯国側も受け入れやすい。現実的な案ね。ねぇ、当たってる？」

「君には敵《かな》わないよ」

アヴァシークを押さえられれば、アトラス、ベイゼル間に楔《くさび》を打ち込める。

そうなれば、水都よりも南都により近いベイゼル侯国は、熟した葡萄《ぶどう》のように何れ降って来るだろう。

……現実はそう上手《うま》くいかないけれども。

リディヤの整った顔が間近に迫り、指で僕の唇に触れ、妖艶《ようえん》な笑み。

「──……でも、全ては壊れてしまった」

そう、そうなのだ。

何もなければ侯国連合とリンスター公爵家の講和は、近日中にまず成立していた。

ピサーニ統領自身が南都へ直接出向く手筈になっていたのだから……。

僕は表示している地図の色を変えていく。

「侯国連合内の講和派と交戦派の争いは、今や一触即発。水都内では小競《こぜ》り合いも頻発している。交戦派は既に百名単位の兵を水都に入れた。対して、講和派を形成するロンドイロを始めとする南部四侯は領国で本格的な軍を編成中。ニケの話だと、統領の南都行きは大規模魔法通信障害を理由に急遽《きゅうきょ》中止。明日行われる連合最高意思決定機関『十三人委員会』の結果次第では……水都で二派閥の大規模衝突もあり得る」

「講和派は統領のピサーニと副統領のニッティ。南部の四侯国。交戦派は北部五侯国と南部のカーニエン、ホロント。数の上では不利ね。でも──問題はそいつ等じゃない」

リディヤが手を伸ばし、僕の頰に触れた。

瞳には闘争の色。


「聖霊教の使徒。そして──『三日月』アリシア・コールフィールド」

僕とリディヤが二人がかりで戦ってもなお、勝てなかった恐るべき吸血姫。

彼女は『剣』すらまともに抜いて来なかった。

『流星のアレン』の副官『三日月』は魔剣士として伝承されているのにだ。

紅月の下、圧倒的な力を行使したアリシアの姿を思い出し身震いする。

破壊不能な『七竜《しちりゅう》の広場《ひろば》』を黒き禍々《まがまが》しい魔剣で崩壊させ、南へ去った彼女とは必ずまた近い内に相対することになるだろう。

しかも、敵は彼女だけじゃない。

『聖女』を名乗る謎の指導者を崇《あが》め、命を捨てることに躊躇《ためら》いすらない聖霊教の使徒や異端審問官達もいるのだ。

……僕等に勝ち目はあるんだろうか？

不安になり、紅髪の美少女の左肩を抱き寄せる。

リディヤは、ビクリ、と身体《からだ》を震わせたが何も言わなかった。

「書庫にあった古い版の『貴族総覧《きぞくそうらん》』を読んでみたんだ。存在した貴族の姓やら、略歴が載っているやつさ。東都、王都、南都にはなかった。コールフィールド家は王国西方の今は断絶した名家、コールハート伯爵家の本家だったみたいだね。そして……」

点と点、今まで無関係だと思われていた事実が細い線になっていく。

「コールハートは、ティナとステラの亡《な》くなった御母様——ローザ様の御実家とされている。アンナさんは『王家による欺瞞《ぎまん》の形跡あり』とも。そして、ジェラルドはティナを『エーテルハートの娘』と言っていた」

「『三日月』と、あの小《ち》っちゃいの達の母親との間に何かしら関係があるかもしれない……。その忌々《いまいま》しい呪いの指輪をあんたにくっつけた魔女とも」

リディヤは今や完全に僕の膝上に乗っかり、身体を預けて来た。

悪戯《いたずら》っ子のような表情。

「ねぇ、どうするの？」

「……どうしようか？」

「しつもんにしつもんを返すのきんしー」

髪を手で梳《す》かれ、くすくす笑われる。なさるがままにされつつ、返答。

「ティナとステラは僕の可愛い教え子だからね。ワルター様にも、ローザ様の件は調べてほしいと言われているし。何より……アリシアを放置は出来ない」

「……む～。小っちゃいのとステラにほんと甘いんだから。『天性の年下殺し』の異名をそんなに維持したいのかしらねぇぇ……」

「ご、誤解が過ぎるっ！」「いいえ、事実よ！」

「ぐぅ……」「ふふふ～♪」

あんまりな言い草に堪《たま》らず反論するも、リディヤはあっさりと否定してきた。

結局、僕はこの公女殿下に勝てないのだ。

地図を消して少女を立たせ、僕も立ち上がり、結論を出す。

「一先《ひとま》ず、南都と連絡を取りたいね」

「そうね。水都の混乱を知られたら、御祖母様《おばあさま》はアトラス侯都の総攻めを決断されるわ」

「……難攻不落の大要塞攻略、か。講和案を提示した身としては避けたいよ」

大学校で見た『七塔要塞』の絵図を思い出す。

リンスターならば落とせるだろう。ただし……膨大な犠牲が出る。

どうにかしないといけない、どうにか。でも今の僕の力じゃ。

そっと、目の前の少女が抱きしめてきた。

「リディヤ？」

「──大丈夫よ」

何度見ても、綺麗《きれい》だな、という感想しか出てこない。

額と額を合わせての告白。

「私の隣にあんたがいて、あんたの隣に私がいる。なら──打開出来ないなんてことは、この世界に存在しないわ。そうでしょう？」

「……リディヤ・リンスター公女殿下の仰《おお》せのままに」

「公女殿下、禁止っ！」

「「──ふふ」」

普段通りのやり取りに、僕等は同時に吹き出した。

うん。この子と一緒なら何とか出来そうだ。籠の中の幼狐《ようこ》が寝返りを打った。

「今、アリシアと激突するのは避けたい。君の魔力が戻り切ってないしね。その間に突破口を見つけないと、彼女には勝てない」

「そんなことっ！　…………まぁ、そうだけど」

あの夜、僕達は全力を出し尽くしても勝てなかった。

万全じゃなければ必敗は免《まぬが》れない。片目を瞑《つぶ》る。

「だから――もう少し文献に当たって糸口を見つけたいんだ」

「……あんたの少しは、少しじゃないのよっ！」

唇を尖《とが》らせ、少女はポケットから懐中時計を取り出した。

何時《いつ》の間にか、夕陽《ゆうひ》が差し込んできている。

「あら、もうこんな時間。着替えるわ。その後は夕食を作りにいくわよ。あんたも一緒に、ね？」

＊

「ア、アレン様……」「あの……」「御料理は私達が……」

調理場で戸惑っているメイドさん達へ視線を向けた後、僕は穏やかに告げた。

「そこの魚の切り身を取ってください。お皿とパンの準備もお願い出来ますか？」

「「は、はいっ！」」

慌てて、メイドさん達が各自の持ち場へと散っていく。

僕は二つのフライパンにバターを落とし、片方に魚の切り身、もう片方に付け合わせの野菜を並べた。食欲をそそるいい匂い。籠の中のアトラが鼻をピクピクさせている。

水都で出会った獺《かわうそ》族のスズさんが届けてくれた魚と野菜は新鮮だ。パオロさんに言い含められているのもあるのだろうけど、僕達に対する厚意も感じられて嬉しい。

「リ、リディヤ御嬢《おじょう》様、せめてスープは私達が……」

隣でスープを作っている、淡い紅色の私服に着替え、小さな二羽の小鳥が描かれたエプロンを着けているリディヤに、純朴そうなメイドさんが代表しておずおずと訴えた。

すると、公女殿下は手を動かしながら優しく諭した。

「気分転換も兼ねているのよ。サラダを頼める？」

『は、はいっ！　お任せくださいっ‼』

瞳を輝かせメイドさん達は敬礼し、野菜を切り始めた。

……初めて会った時に比べて随分と言い方成長したなぁ。

焼き終えた魚の切り身をメイドさんが用意してくれたお皿に乗せ、ソースをかける。

僕はフォークで魚をかき、名前を呼んだ。

「リディヤ」

「んー」

『!?』

隣の少女に食べさせると、メイドさん達の動きが急停止した。

全く気にせず、誕生日の近い少女は小首を傾《かし》げた。

「――もうちょっと、白ワイン」

「了解」

僕はフライパンにほんの少し白ワインを入れ、味を調整。

メイドさん達がざわつく中、スプーンが差し出された。

リディヤが素っ気なく一言。首筋が薄《う》っすら赤くなり、ネックレスの鎖が光った。

「スープの味見」

拒絶すると拗《す》ねるので、大人しく飲む。

「――塩、を一摘《ひとつま》みかな?」

「うん。私もそう思ってた」

短く応答し、リディヤは塩を入れた。

……あれ? もしかして自分で味見をしてた?

メイドさん達の動揺が広がっていく中、公女殿下は上機嫌で歌い始めた。

「ふふ～♪」

「……何さ？」

紅髪《あかがみ》の美少女は唇に指を乗せ、秘密を暴露。

「東都でお義母様《かあ》に、あんたの好きな味付けを教えてもらったの。王都で作っていた時よりも精度が上がったわ！」

「……母さん」

僕は額に手をやり嘆息した。

この分だと、エリーやリリーさん、ステラにも教えているかもしれない。カレンが知ったらお説教されそうだ。

様子を窺《うかが》っていたメイドさん達がまるで祈るかのように呟《つぶや》く。

「くっ……も、もう、私は……」「駄目よ。耐えてっ！」「こ、これが、王都や南都の子達が話していた」「心が洗われます……」「魚もスープも美味《おい》しそう……」

リンスターのメイドさん達ってほんと……。

焼き終えた魚と野菜を皿に盛りつけていると、鳥族と人族のメイドさんが入って来た。

第六席のサキさんとシンディさんだ。

二人のメイドさんはみんなを一瞥《いちべつ》し、命令を発した。

「折角の御料理が冷めてしまいます。運んでください」

「御二人の甘々な時間を邪魔しちゃ駄目です☆　離れて見守ることこそが至高！　だと思いませんかー♪」

『確かにっ！』

快活メイドさんの言葉に他のメイドさん達は大きく頷《うなず》いた。

リディヤがギロリ。

「……シンディ、あんた達？」

「配りまーす☆」『！　し、失礼しましたっ！』

乳白髪のメイドさんはスープの配膳を始め、残りのメイドさん達も動きだす。

僕はくすりと笑い、鳥族のメイドさんに話しかける。

「サキさん、すいません。アトラの籠を運んでもらってもいいですか？」

「！　か、畏《かしこ》まりました」

緊張した面持ちでサキさんは籠を手にし、起こさぬようゆっくりと持ち上げた。

すると、寝ていた幼狐が瞳を開き、嬉しそうに尻尾を振り、籠の枠に手をかける。

「♪」「っ！　あ、危ないですよ？　お、落ち着いてください。ね？」

頬を緩めながらも、アトラを優しく諭し調理場を出て行った。

リディヤに左袖を引かれる。

「私達も行きましょう？」

「そうだね」

部屋では、大きなテーブルに料理が並べられ、メイドさん達が整列していた。ニコロ君とトゥーナさんは所在なさげだ。

魔法でも使ったのか、さっきまでスープを配膳していたシンディさんもいる。

サキさんだけは「ア、アトラ御嬢様……え？　抱っこですか？？　そ、それは……」まだ寝ぼけている幼狐と格闘中。

僕はエプロンを畳んだ少女の名前を呼ぶ。

「リディヤ」

紅髪の公女殿下が左手を掲げ、視線を集めた。

気品すら感じさせるこの姿――正しく公女殿下。

「皆、お疲れ様。情勢は不透明だけれど、食べないと力が出ないわ。いただきましょう。さ、座ってちょうだい」

『はいっ！　リディヤ御嬢様っ‼』

メイドさん達が椅子に座り手を合わせた後、食べ始めた。室内に喧騒《けんそう》が満ちる。

ニコロ君が戸惑いながら見て来たので目で食事を促す。温かい内に食べてほしい。

僕とリディヤも隣り合って腰かけると、メイドさん達やニコロ君達の声が聞こえてきた。

「お魚、美味しい！」「スープも絶品よ」「あのリディヤ御嬢様が……」「泣かないで。私も泣きそうだから」「はぁ……疲れが吹き飛んでいくぅぅ」

「トゥーナ、面白い味付けだね！　これが王国の味なのかな？」

「ニコロ坊ちゃま、口元が汚れていますよ。とても美味しいですね」

概《おおむ》ね好評なようで嬉《うれ》しい。王国の味は水都出身の子にも好まれる、か。

フェリシアと相談してみて、何《いず》れ食材の輸出も――リディヤの視線を感じた。

「まーた、変な事を考えていたでしょう？」

「……考えてない、考えてない」

「ふ～ん。ま、いいけどね」

「？」

あっさり引き下がった少女を怪訝《けげん》に思いながら食べていると、アトラを抱きかかえたサキさんとシンディさんがやって来た。

「リディヤ御嬢様、御報告を」「準備完了してまーす♪」

準備？　何のだ？？

公女殿下が、ハンカチで口元を拭き静かに応答。

「そう。ありがとう」

「メイドの仕事ですので」「何でもお任せくださーい☆」

「♪」

アトラが僕を見て甘えるように一鳴き。

両手を伸ばし、サキさんから受け取ると膝上で丸くなった。

見守っているメイドさん達の顔が綻ぶ。

夕食を食べ終えた僕は、紅茶を飲みながらお澄まし顔の公女殿下に告げた。

「リディヤ、僕はこの後、また文献の調査を――」

「アレン様、お待ちください」「補足をしますね～☆」

サキさんとシンディさんが止めてきた。膝上のアトラを撫《な》でて嫌な予感を紛らわす。

鳥族の美人メイドさんが教えてくれる。

「ニケ・ニッティ様の言伝《ことづて》にあったのですが――この建物内に温泉が湧いております」

「へっ？　温泉、ですか？」

ニコロ君を見ると、薄青髪の少年はこくこく、と頷いた。

「は、はい。ご、御先祖様の一人が大変な温泉好きで、わざわざ湧いている場所にこの建物を作らせたらしいので……」

「昨晩は調整が終わっていませんでしたが、今晩は問題ないかと」

しれっと、サキさんが後を続け、シンディさんは楽し気。

リディヤがカップをテーブルに置いた。

「疲労を取る為《ため》にも入浴した方がいいわ。勿論《もちろん》——男女は別★　残念だったわね？」

「くっ……」

一瞬考えてしまったことを見抜かれ、呻《うめ》く。

情報を秘匿してたなっ！

そして——ニケ。僕はこの一件を忘れない、忘れないぞ。

息を吐き、薄青髪の少年に提案する。

「ニコロ君、一緒にどうですか？　男は僕達だけですしね」

＊

「おお～これは凄《すご》い……」

案内された半月形の浴場は、僕の想像を超えていた。

半開放式で、かつての天井からは月と星々。尾を引く彗星も見える。

廃墟《はいきょ》をそのまま利用したらしく、それがまた独特な雰囲気だ。

階段を降りていくと、白い湯気。竜の口を模した石像から温泉が湯船に。

男女の湯は大理石の壁に阻《はば》まれて、上は開いているようだ。

壊れた壁の先の大水路には漆黒の闇。

旧市街が生きている時ならば、さぞかし絶景だっただろう。

恥ずかしそうに、僕の後からついて来たニコロ君が教えてくれた。

「えっと……この建物で一番お金をかけたらしいです」

「君の御先祖様とは話が合いそうです」

王国北都、ハワードの御屋敷《おやしき》の浴場も凝った造りだったのを思い出す。どちらも大陸有数の名家だし、家系図を辿《たど》っていけば関係性があるのかもしれない。

かけ流しのお湯で身体《からだ》を洗っていると、壁の向こうからリディヤの声がした。

「ねぇ～。石鹸《せっけん》貸してよー」

「持ち込まなかったのー？」

答えると、即座に反応が返ってきた。

「忘れたの！　ほら、早くっ！」

「……我《わ》が儘《まま》な公女殿下だなぁ」

こんなこともあろうかと――壁に近づき、僕は未使用の石鹸を向こう側へ放り投げた。

「ア、アトラちゃん、石鹸を追いかけちゃ駄目ですよ」トゥーナさんが焦《あせ》っている。

再びリディヤが要求してきた。

「あと、シャンプーも！」

「はいはい」

硝子《ガラス》瓶に浮遊魔法を発動し、壁を越えさせる。舌打ちが反響した。

「……ちっ。そこは困りなさいよー」

「言うと思ったからねっ！　アトラも洗ってあげておくれよ？」

「分かってるわよ。……ありがと」

「どういたしまして」

リディヤが壁から離れていく気配。

薄青髪の少年が僕をじーっと見つめている。

「………………」

「ニコロ君？　どうかしましたか？」

湯船に流れこむ温泉と温度調整の為の海水とが合わさって、湯煙が発生。

僕達を覆い隠す。

「えっと……アレンさんとリディヤさんって、本当に仲がよろしいんですね」

「腐れ縁ですから。……何か僕に聞きたいことが？」

「！　あ……そ、その…………」

少年が俯《うつむ》き、沈黙した。

僕は髪と身体を洗い終え「先に入っていますね」とニコロ君へ一声かけ、湯船へ移動。

ゆっくりと温泉へつかる。

思った以上に疲労は蓄積されていたらしく、息が漏れてしまった。

「ふぅ……」

少しして、ニコロ君も入ってきた。

そのまま待っていると、少年は意を決した様子で口を開く。

「――大変失礼なことをお聞きします。リディヤさんは、リンスターの『公女殿下』なんですよね？　ウェインライト四大公爵家の家格は、他国においては『公王』。その御令嬢とアレンさんが一緒に行動出来ているのが……信じられなくて…………」

確かに奇異に見えるのかもしれない。

直接言われなくなってはきたものの、王国でもそう思っている人達は多いし。

「話せば長くなるんです。色々なことが絡《から》まり合って、とても一言では」

隣から笑い声が聞こえてきた。あっちも話が弾んでいるようだ。

「でも——僕達はこの間、ずっと共に進んできました。リディヤは紛れもない天才なので、ついて行くのは大変でしたけど、その分、成長は出来たと思います」

「……………アレンさんはお強いんですね」

ニコロ君が小さな拳を握り締め、自分自身への憤《いきどお》りを吐き出す。

「僕はニッティの家に生まれました。なのに……前へ進む勇気が出てこないんです。魔力はあっても魔法を使うのが苦手で、剣技も怖さが先に立って上達しませんでした」

無言でそれを聞く。

生まれも才能も性格も……全部を持っている人なんてそうはいない。

自嘲気味でありながら、必死な懇願。

「だから、父上にも期待されていませんし、兄上にも……。王国の王立学校に行きたいのに、それも言えないっ。教えてください。どうすれば……どうすれば、アレンさんのように強くなれますか？」

「難しい質問ですね」

闇に沈んでいる旧市街の中を、時折小さな光が舞っている。

精霊？　まさかな。

「まず――僕は強くありません。魔力は平均以下。上級魔法も使えませんし、剣技もリディヤに遠く及びません」

「ですが！　……ですが」

ニコロ君が声を震わせる。

――水都の名門ニッティ家。

『貴族総覧《きぞくそうらん》』によれば、かつて連合全体を支配した『侯王』の血も入っている。

この子も人知れず悩んできたのだろう。僕は星を見ながら、告白した。

「唯一、僕が人に誇れるとしたら……歩みを止めなかったことです」

「歩みを、止めなかった……？」

「ええ。一つ実例をお見せしましょう」

手を握り締めると、お湯の一部が浮かび上がり――空中で炎・水・土・風・雷・氷・光・闇の小さな花となった。

呆然《ぼうぜん》としているニコロ君に伝える。

「これは僕が小さい頃からしている魔法制御の練習方法の一つなんです、当たり前ですが、最初は一つも形に出来ませんでした」

「……何かしらの魔法書に……このようなやり方が？」

薄青髪の少年が言葉を振り絞った。よく聞かれる質問だ。

「基本魔法の教科書に書かれていた内容を、自己流で——崩しますね」

手を軽く握ると、八つの花は儚《はかな》く虚空《こくう》へと消えていった。

少年に向き直り、両手を挙げる。

「今のが、僕の十数年の積み重ねの成果です」

「…………………」

ニコロ君が沈んでいく。同時にアトラの楽しそうな鳴き声。はしゃいでいるらしい。

温泉で作った水の子猫を、水面《みなも》で歩かせながら意見表明。

「天才の一歩に、僕の一歩は到底及びません。でも、それは僕が努力しない理由にはならないんですよ。結局『やるか、やらないか』だと思います。……納得出来ませんか？」

「…………はい」

淡い青髪を濡《ぬ》らした少年が沈痛な面持ちを浮かべた。

「今の魔法制御といい、つい先日の戦闘での魔法といい……アレンさんの技量は、未熟な僕の目から見ても卓越しています。簡単に『出来る』と言われても……」

「では、もう一つ実例出しましょうか」

……そろそろ怒られるかもなぁ。

苦笑しつつ、実例を提示する。

「僕の大学校の後輩にある女の子がいるんです」

テト・ティヘリナ。

教授の研究室では僕しか許されない『一般人』を自称し、魔女帽子を被《かぶ》っている女の子。大袈裟《おおげさ》な動作をしながら、肩を竦《すく》める。

「その子が研究室に入って来た際、君と同じようなことを言ったので、先程の訓練をやらせてみたんですよ。一年間、毎日欠かさず」

「っ！」

ニコロ君が絶句し、瞳を大きくした。

僕は事実を提示する。

「その結果——彼女は、僕が出来る粗方の魔法制御技術を習得しました。本人はこの話をする度、『アレン先輩、私を盾にするのは止《や》めてくださいっ！　誰と誰の魔法制御が同じなんですかっ⁉』と怒るんですけどね」

「………」

少年は複雑そうな顔になり、目を伏せた。

再びリディヤとトゥーナさんの笑い声。距離が縮まったようで何より。

僕は湯船から上がり、ニコロ君に自分の考えを告げた。

「まずは一歩を踏み出してみてください。そうしたら、君の世界は一気に広がっていくと思います――トゥーナさんと一緒に」

「――っ。はい。はいっ。有難《ありがと》うございました」

ニコロ・ニッティは瞳に決意を宿し、何度も何度も頭を下げた。


先に上がってリディヤ達を待ちながら、ニコロ君と色々な話をした。

何でも得意としているのは語学。難解で知られる旧帝国語もある程度読めるらしい。

『魔王戦争秘史《まおうせんそうひし》』の上巻も読んでいたし、この子、学究肌だな。テトとそっくりだ。

「お、お待たせしました」

トゥーナさんがまず出て来た。寝間着にケープを羽織っている。

ニコロ君が犬のように駆け寄り、決意表明。

「トゥーナ！　僕……僕、頑張るからねっ！」

「？　――はい。ニコロ坊ちゃま。トゥーナがお傍《そば》におります」

混血エルフ美少女は幼い自分の主を見つめ、嬉《うれ》しそうに相好を崩した。

「……また、何を言ったのよ？」

アトラが収まった籠を持ち、寝間着姿のリディヤも出て来た。

籠を受け取り、幼狐《ようこ》の頭を撫《な》でる。ふわふわで気持ちがいい。

「男同士の会話は話せないなぁ」

「……ふ～ん」

僕の手をじっと見つめながら、リディヤが詰め寄ってきた。

同じ石鹸《せっけん》とシャンプーの匂いに多少ドキマギしながら、聞く。

「そっちは何を話してたのさ？」

「女同士の会話は話せないわね」

なるほど、そうきたか。

僕は廊下を歩いて行く少年と少女の背を見つめた。

「トゥーナさんは心配しなくていいよ。ニコロ君はニケの弟だ。不幸せにはしないよ」

「…………」

リディヤがジト目になり、無言で左腕を甘噛《あまが》み。

「痛っ！　噛むなよっ‼」

「……無駄に察しが良すぎるの禁止っ！」

「何でさっ⁉」

戯《たわむ》れつつ廊下で警護の為《ため》、控えてくれていたサキさんとシンディさんに手を振る。

「皆さんも交代で入浴してください。とても良いお湯ですよ」

＊

リディヤと一緒に部屋へ戻り、アトラを籠から出しベッドに寝かせる。

幼狐はブランケットに潜り込み、気持ちよさそうに獣耳を動かした。

懐中時計を丸テーブルの上に置いていると、バタバタ、と駆ける音。

後ろから呼びかけられる。

「んー」

「はいはい」

「はい、は、いっかいー」

眠いのか、甘えた口調。

ソファーに座ったリディヤの後ろに回って、ブラシで短い紅髪《あかがみ》を梳《す》いていく。

僕の白シャツを羽織っているけど、指摘したら負けだ。

静かで穏やかな時間は過ぎていく。

「リディヤ、さっきも言ったけれど、僕はこの後もう少し文献に」

「……やだ」

「やだって」

振り返った紅髪の公女殿下は子供のようにむくれる。

「や・だっ！　そう言って、あんたは夜中まで文献読むんでしょう？　……少しは私の言うことも聞きなさいよねぇ」

「……聞いてると思うけどなぁ」

頰を掻《か》く。妹のカレンと同じくらいは我《わ》が儘《まま》を聞いているような？

少女はクッションを抱えてソファーに横たわり、ジタバタ。

「きいてなーい。あと、お菓子もまだ作ってもらってないっ！」

「…………はぁ」

ブラシを布袋に仕舞って、簡易キッチンへ。ハーブティーでも淹《い》れよう。

少女も慌てて立ち上がり、着いてきた。

——裾を指で摘まみ、弱々しい問いかけ。

「アレン？　……もしかして、怒った……？」

肩越しに見やると、リディヤは僕が贈ったネックレスを右手に持ち、心配そうに上目遣いをしていた。苦笑しながら、頭を振る。

「まさか、怒ってないよ」

「……でも、離れたっ！」

腰に抱き着き、甘えてきた。理由を説明するのを逡巡《しゅんじゅん》する。

「……あんまり、言葉にはしたくないんだけど」

「言葉にして。じゃないと、伝わらないからっ‼」

ハーブをポットへ殊更《ことさら》ゆっくりと入れる。リディヤは僕から視線を外さない。

ポツリ、と零《こぼ》す。

「……君の誕生日」

「私の誕生日？？」

公女殿下が子供みたいに、繰り返した。あ～……もうっ！

視線を外し、一気に吐き出す。

「次の炎曜日までに、目の前の面倒事は全て片付けておきたいんだよっ！　戦闘が行われている中、旧聖堂にのこのこ出かけるわけにはいかないだろ？」

嗚呼《ああ》……言うつもりはなかったのに。羞恥が襲い掛かってきて、身体《からだ》が火照《ほて》る。

「――……ふ～ん」

腰からリディヤが離れた。

金属製ポットを炎の魔石にかけ振り返ると、大人びた笑み。

「つまり、アレンは『私』の為に水都の騒乱を鎮《しず》めて、聖霊教の連中と『三日月』もぶっ倒しておきたい、と。そう言いたいわけね？　間違っているかしら？」

これ以上何も言えない。素直に伝える。

「そうだよ。悪いかな？」

「～～っ！　――……わ、悪くないけど……」

リディヤは顔を林檎《りんご》のように真っ赤に染めてよろめき、ベッドへと飛び込む。

ブランケットに潜り恥ずかしそうな声をあげて、足をバタバタ。

「う〜う〜うう〜……」

「アトラが起きるよー」

ぐっすり寝ている幼狐を抱きかかえ紅髪の少女は顔を出した。

読み進めようと思っていた『竜　悪魔　吸血鬼』を手に取り、サキさん御手製の栞《しおり》をどける。出身の孤児院で作っている物らしい。

ベッドの上でアトラを撫でながら、うつ伏せのリディヤはそんな僕を見て、笑った。

「──ふふ」

「今度は何さ？」

尋ね返しつつ、古めかしい文章を読む。内容自体に新しい事実は見当たらない。

『吸血鬼が最も恐るべき点。それは圧倒的な魔力に物を言わせた、身体強化である』

『人と比して、吸血鬼の身体強化魔法は次元が異なる。再生能力と俊敏性をも併せ持ち、月のある夜は魔力すらも増す。弱点は存在しない。天敵と言えるのは勇者と魔王のみ』

『名の由来は種の始祖が血を啜《すす》ったとされる故事によるもの。現世種は魔力を喰《く》らう』

……他にないかな？

リディヤが歌うように答えた。

「ん〜？　なんでもな〜い♪」

「そっか」

ポットのお湯が沸いたので、炎の魔石を止めティーポットへお湯を注ぐ。

その拍子に、文献からメモ紙が零れ落ちた。

古書に挟まっていたにしては新しい。

拾い上げて目を走らせてみると、旧帝国語。しかも、厄介な上位貴族専用文字。

一部しか読めないものの、この字体、僕は見たことがあるような……？

文字の拙さから書き手は比較的若いようだ。

辛《から》うじて確実に読めた部分は——


「【銀氷《ぎんひょう》】——『白き聖女』と『黒き聖女』？」


前半はリナリアが言っていた、水・風・光・闇、四属性による代物だ。

僕はこれを本物の『氷』だと考えていて、東都で魔杖《まじょう》『銀華《ぎんか》』の全魔力を用いて作りだしティナに手渡した。

後半部分は……聖女に白と黒？　そんな存在がいたかな？

どんどん、知らない事が増えていく。歴史の幻影、か。

これは辞書を使って読める所を解読した後、明日の朝にニコロ君へ託そう。

取りあえず――ベッドを抜け出し、執務机の陰に隠れてずっと僕を見ている少女に指摘する。

「……リディヤ、読みにくいんだけど？」

「気にしないでいいわ」

「いや、気になるよ？」

「集中力が足りてないわね。情けない」

「え～……」

責められてしまったので説得を諦め、ティーポットとカップを手に取り椅子に腰かける。

辞書を準備し単語を調べ始める。

リディヤが小さな囁《ささや》きを零し、頭を引っ込めた。

「あ……」

どうしかしたのかな？　カップにハーブティーを注ぐ。

「……相変わらず、こういう時の横顔、反則。映像宝珠をサキかシンディに貰《もら》っておくべきだったわね。明日は忘れないようにしないと……」

一口飲むと爽やかな香りで頭がスッキリとする。夜明け前には寝たいな。

机に座ったリディヤが右手の指輪を外せないか弄《いじ》りつつ、要求してくる。

「腕輪は百歩譲るけど……指輪は早く処理してっ！」

「て、天下の【双天《そうてん》】を超えろと？　流石《さすが》にそれは」

「うん、超えて」

「………………」

ヤバイ。目が本気だ。

指輪に目を落とし『外れてくれませんか？』と訴えてみるも、赤の宝石は瞬《またた》くばかり。

「はふわぁぁぁ……」

リディヤが大きな欠伸《あくび》をした。

「眠いなら白シャツを脱いで、ベッドで寝ようね？」

「……アレンに運んでほしい」

「……我が儘なお姫様だなぁ」

「うん。わたし、すごくわがままなの。嫌いになる？」

素直なリディヤは最強だ。

諦めて立ち上がり、羽織っていたシャツを脱いだお姫様を抱きかかえる。

「……えへへ」

腕の中で心底幸せそうな笑みを零し、胸に顔を埋《うず》めてきた。

ベッドに降ろし、ブランケットを被《かぶ》せると寝ぼけたアトラも移動し、隣へ。

手を伸ばしてきたので、繋《つな》ぐと甘えた表情。

「あったかいわね。凄《すご》くおちつく――」

ノックの音が部屋の空気を破った。

リディヤが上半身を起こし、枕元の魔剣『篝狐《こうこ》』を手にし、視線を合わせ、頷《うなず》き合う。

「どうぞ」

「――失礼致します」

重厚な扉が開き、長身で極々淡い肩までの赤髪に耳長。前髪には銀の髪飾りを着けたやや褐色肌のメイドさんが入って来た。後方にはサキさんを従えている。

かつて、南都で数回だけ会った――前リンスター公爵夫人『緋天《ひてん》』リンジー・リンスター様の懐刀《ふところがたな》にして、第一から第三次までの各南方戦役で武名を轟《とどろ》かせたケレブリン・ケイノスさんだ。近衛《このえ》騎士ケレリアン・ケイノスさんのお姉さんでもある。

ベッドから降り、僕の左隣に立ったリディヤが驚く。

「ケレブリン？　どうやって水都に？」

「蛇《じゃ》の道は、でございます。南方島嶼《とうしょ》諸国に多少伝手《つて》がございまして。リディヤ御嬢《おじょう》様、アレン様、御無事で安堵《あんど》致――……」

「？」

美人メイドさんの視線の先を辿《たど》ると、ベッドの上でアトラが伸びをしていた。

飛び降り、とことこ、と僕の傍《そば》に寄って来て、前脚で足を叩《たた》いてくる。

「ごめんよ、起こしちゃったかな？」

「♪」

獣耳と尻尾を揺らす幼狐《ようこ》を抱き上げると、ケレブリンさんが聞いてきた。

「ア、アレン様……その大変愛らしい幼獣は……？」

「八大精霊の一柱『雷狐《らいこ》』のアトラです」

「ア、アトラ様、と言われるのですね………」

明らかに『私も抱っこさせてほしい』という圧を感じる。こういう人だっけ？

リディヤが腰に手をやり、促した。

「ケレブリン、まずは説明して」

「――……失礼致しました」

優雅な動作で一礼され、用件を伝えてくれる。

「『緋天』リンジー・リンスター様の御遣いでまかりこしました。アレン様から、現在の戦況をお伺いした上で、アトラス侯国侯都攻略の是非を決めたいとのことでございます。南都で聞いていた以上に水都は騒がしいようで……」

「ええ。状況をお話しします」

文献調査は明日へ持ち越しのようだ。

僕は早くもシャツを羽織っている公女殿下へ聞く。

「リディヤは眠いなら、寝ててもいいよ？」

「バカね。あんたの隣には何時だって私がいる。世界の常識でしょう？」

極々自然にそう言ってのけ、『剣姫《けんき》』らしく凛々《りり》しく命じる。

「サキ、濃い目に紅茶を淹《い》れてくれる？　目が覚めるくらいのをお願いね」

＊

「くそっ！　カーライルめっ‼　何を考えているのだっ。連合中枢が仲違《なかたが》いをしている場合ではないというのに……」

水都中央島。

ニッティ家の屋敷《やしき》内にある執務室内で私――ニケ・ニッティは呻《うめ》いた。

状況は刻一刻と悪化し続け、ピサーニ統領の南都行も、おそらく聖霊教の手による大規模魔法通信妨害と、水都の混乱を理由に延期となってしまった。

各家は不測の事態に備え伝統に背き水都内へ兵を入れ、小競《こぜ》り合いも頻発。

特にカーライル・カーニエンは数百名の正規部隊を屋敷に入れたようだ。

対して、『串刺し』ロンドイロ侯を中心とする講和派の南部四侯も、それぞれ代理を水都へ残し、本人達は領国で交戦派に対する戦争準備を開始している。

今や侯国連合は内戦一歩手前の状況にあるのだ。

「……ニケ坊ちゃま、これ以上は明日ようやく開かれる十三人委員会に差支《さしつか》えが」

「分かっている。すまんな、トニ」

ニッティに古くから仕えている老家宰へ礼を言う。

私も副統領である父も、トニには絶対の信頼を置いている。かつて、リンスターの『首狩り』に落とされたと聞く老家宰の右手の黒い義手が月光を反射させ、揺らめいた。

「そう言えば……パオロの遣いは来たか？」

「はい。食料や水の搬入には、今後とも『猫の小路《こみち》』の獺《かわうそ》族を使う、と」

パオロは、トニの弟で水都有数の高級ホテル『水竜の館』支配人を務めている。

交戦継続派のカーライルと聖霊教の連中の襲撃を受け、ホテルは半壊したが、以後『剣姫の頭脳』と『剣姫』との連絡役に就《つ》いている。

……カーライルと聖霊教はニコロを標的にしていた。

奴等《やつら》と一緒に行動させるのが最も安全だろう。隠れ家にも入れたようだしな。

ロンドイロ侯に対しても、アレンの忠告──『三日月』を名乗る謎の吸血姫が南へ去ったことを、稀少《きしょう》な軍用飛竜を用いてまで届けさせた。何もなければ良いのだが。

トニが静かに聞いてきた。

「坊ちゃま……ニコロ坊ちゃまと例の方々とは何処《いずこ》に？」

隠れ家の正確な場所を知っているのは、私と父と愚弟。

幼き父と共に書庫を遊び場にしていたというパオロ。

そして、古くから運搬役を頼んでいる『猫の小路』に住む一部の獣人達に過ぎない。

あそこにある文献が余りにも貴重な品々である為《ため》、と聞いているが詳細について知るのは一族でも父だけだ。

だが──トニには伝えておくべきだな。

「旧市街の書庫だ。あそこならばまず見つからん」

「……確かに。卓見かと」

「世辞はいらん」

内戦にならぬよう手は尽くし、交戦派の北部五侯国にも楔《くさび》は打った。

十三人委員会で押し切ってしまえば、如何《いか》なカーライルと言えど。

奴《やつ》と聖霊教は愚弟を狙っている。

だが、ニッティの家訓に『平和の為、身内を差し出す』などという戯言《たわごと》はないっ！

トニが再び尋ねてきた。

「『剣姫の頭脳』様への情勢説明は如何《いかが》致しましょう？」

「……そうだな」

自分を『一般人』などとのたもう、あの忌々《いまいま》しくも恐るべき魔法士。

奴が水都にいたことは幸運だったのか……何にせよ、情報は渡さねばならない。

ニケ・ニッティは狼《おおかみ》族のアレンとそう約したのだから。

「今晩中に書簡をしたためておく。すまないが、パオロへ渡しておいてくれるか？」

「――お任せください」

老家宰が恭《うやうや》しく頭を垂れた。

私は窓の外を見つめた。

夜空には、不気味な欠けた月と彗星が尾を引いている。

「とにかく、だ！　明日の十三人委員会で押し切れれば、リンスターとの講和は成立する。その為の手も打った。厄介な聖霊教の連中への対応はそれからとなろう」

# 第3章

「では……アトラス侯とベイゼル侯は、リンスターとの交戦を継続すべき、と未だ考えているのだな？」

早朝の水都中央島大議事堂奥に位置する会議室『円卓の間』に眼鏡をかけている老人――ピルロ・ピサーニ侯国連合統領の静かな問いかけが投げかけられた。

連合の最高意思決定機関『十三人委員会』の参加者は、リンスターとの講和を望んでいるピサーニ統領とニエト・ニッティ副統領。私、ロア・ロンドイロを含めた南部侯爵代理四名。交戦継続を訴える北部五侯爵と、カーライル・カーニエンとホッシ・ホロントの南部若手二侯爵の計十三名。護衛として連れて来ているのも各々《おのおの》一人ずつという少なさだ。

私を水都に残し本国へ戻られ、交戦派との内戦という最悪の場合に備えて戦支度を整えられている御祖母様《おばあ》――レジーナ・ロンドイロ侯の言葉を思い出す。

『いいかい、ロア？　ピルロは愛国者だ。あいつの判断は信用に足る』

胸元の金鎖を揺らしながら、アトラス侯が円卓を拳で叩き、隣の男性を睨《にら》みつけた。

「無論！　……ベイゼル侯はどうか分かりませぬがな」

「我等《われら》は戦い抜く覚悟が。……アトラス侯は講和を希求されているとか？」

「な、何を言うかっ！」「貴侯が先に言ったのだっ！」

アトラス侯の慌てぶり、講和派に寝返りかけているのは事実かもしれないけど……守るべき領民を見捨てて、ベイゼル侯と一緒に水都へ避難した事実は変わらない。

侯爵達の醜態に眉を顰《ひそ》めていると、ニッティ副統領が左手を挙げられた。

後方には切れ者ニケ・ニッティも控えている。

「お静かに。我等が判断を誤れば、亡国の危機すらも引き寄せかねないのだ」

皆の背筋が伸び、アトラス、ベイゼル両侯もばつが悪そうに着席した。

ピサーニ統領が隠しようもない疲労を表に現しながら、講和派の勢力が強い南部側にも拘《かかわ》らず、交戦を主張している若き二人の侯爵達に質問を投げかけた。

「カーニエン侯、ホロント侯、貴殿《きでん》等の意見はどうか？　カーニエン侯については、水都内で許可なく兵を動かした、との報も受けた。一部で小競り合いが起きているともな。現在も続く水都一帯における魔法通信妨害への関与についても、所存を聞きたい」

「通信妨害につきましては、私も困惑を。闇曜日に兵を動かしたのは事実です」

「っ⁉　それはっ！」

私は思わず立ち上がり、表情を全く変えないカーライルを睨みつけた。

まさか、本気で聖霊教と手を組んで？　とっくの昔に死んだ筈《はず》の『三日月』が生きていたなんていう噂《うわさ》も全て真実？　魔法通信妨害も統領を南都に行かせない為に、貴方《あなた》が⁉

頭の中を次々と疑問が駆けまわり、思考が纏《まと》まらない。

「ロア嬢、着席を」

「……申し訳、ありません……」

ニッティ副統領に促され私は力なく椅子にその身を預けた。……何でなのよ、先輩。

カーライルが淡々と話し始める。

「然《しか》しながら、全ては連合の未来を想《おも》ってのこと。講和は愚策でしかありません」

ピサーニ統領が円卓を指で叩《たた》かれ、先を促された。

「アヴァシークの大敗は我が侯国連合の決定的な欠陥を露《あら》わにした、と言えます」

「大敗だとっ！」「我等は多少敗れただけで」

当事者であったアトラス、ベイゼル両侯爵が声を荒らげた。

カーライルの右隣のホロント侯が二人へ鋭い視線をぶつける。

「……彼《か》の会戦が、両侯国軍の大敗で終わったことは諸外国にも知られております」

「「っ！」」

両侯は何度か口を開け閉めした後、項垂《うなだ》れる。

仮面みたいな顔のカーライルが続けた。

「皆々様もお分かりでしょう？　現状、我が侯国軍ではリンスターに対抗し得ない。真正面の会戦で勝利は難しいと愚考します」

「そう言いながらも、貴殿等は交戦の継続を訴えている。『水竜の館』及び『七竜《しちりゅう》の広場《ひろば》』半壊に関与した、とも聞いているが？」

ニッティ副統領が感情の籠っていない声色で詰問《きつもん》。

すると、カーライルは深々と頭を下げた。

「……前者の件につきましては私の愚かさ故。ですが、考えに揺るぎはありません。今、リンスターと屈辱的な講和を結んでしまえば、後世の史書は我等を売国奴と罵りましょう。ウェインライト王国は、東方のオルグレン公爵家を中心とした叛乱《はんらん》の後始末に追われております。我等が粘り強く戦い続けるならば……」

「何《いず》れ音をあげる、か。アトラスの侯都を守る『七塔要塞《しちとうようさい》』は難攻不落だからな」

副統領が後を引き取られた。ニケはカーライルだけを見ている。

視線に気づいていない筈はないけれど……侯爵は感情を表に出さず頷《うなず》いた。

「無尽蔵に思えたリンスターの兵站《へいたん》も今以上の戦線拡大は困難、との試算も出ております。守り難《にく》いベイゼルの侯都を一時的に失陥はしても必ず取り戻せましょう」

室内に大きなざわつき。

敵にも限界が見えている——甘い、甘過ぎる言葉だ。カーライルは具体的な資料を何一つ提示していない。けれど、誰だって売国奴と書かれたくはない。

講和へと傾きかけていた流れが変わりつつある……。

「統領、発言を御許し願いたい」

ニケ・ニッティがいきなり挙手した。

十三人委員会での発言権は、十一人の侯爵達と統領、副統領にしか与えられていない。けれど、許可があれば他の参加者も可能となる。白髪の老統領は首肯。

「……許可しよう」

「ありがとうございます。早速ですが——私は、さる闇曜日に行われたカーニエン侯による『水竜の館』襲撃の現場におりました」

再び大きなざわめきが起こった。現場に⁉

「その際、侯は聖霊教異端審問官達をも招き入れ、あのような暴挙を行った次第です」

「……カーニエン侯？」「……説明を」

老統領と副統領が同時に口を開かれた。

御二人共、第二次及び第三次南方戦役に参加され、『緋血《ひけつ》の魔女』リンジー・リンスターと戦場で交戦しながら生き残った古強者《ふるつわもの》なだけはあり、凄《すご》い圧力を感じる。

けれど、カーライルはこともなげに答えた。

「それもまた事実です」

『っ！』

衝撃が走り、交戦派の北部五侯ですら戸惑っている。

カーライル以外で平然としているのはホロント侯のみ。彼だけが事実だと知っていた？

「ですが、それはそちらも同じことでありましょう？　私達が交戦した『敵』は——リンスター公爵家の『剣姫《けんき》』と従者の青年でした。講和派は表向き『国を守る』と言いながら、敵方と通じていたのです。これこそ連合に対する明確な裏切りではありませんか？」

交戦派の面々が円卓を叩き、講和派の面々は渋い顔。

「重ねて言えば……我等は侯爵全員が参集しているのに対し、講和派は代理ばかり。十三人委員会を軽視しているのではないか？」

ホロント侯も痛い点を突いてきた。

他の代理は右往左往しているので、私が反論する。

「代理者にも、各侯と同じ投票権が与えられています」

「ロンドイロ侯を筆頭とされる南部四侯が本国で兵を集めているのは誰でも知っている。我等は最低限の兵しか水都にいれておらぬ。どちらが連合の秩序を乱しているかっ！」

「っ！　そ、それは……」

御祖母様とて、水都を火の海にするつもりはないだろうけれど……必要ならば躊躇《ちゅうちょ》はされないだろう。ニケが静かにカーライルへ問いかけた。

「ならば……そちらが手を組んでいる聖霊教の使徒は信用出来ると？　容赦なく、『水竜の館』内の人々を皆殺しにしようとした奴等《やつら》なのですよ？　先程の件についても疑義があります。魔法通信妨害を行っている魔法士、本当は知っておられるのでは？」

「あの晩は双方共混乱していた。使徒？　何の話でしょう？？　通信妨害に関しましても濡《ぬ》れ衣《ぎぬ》です。私はニケ殿による策謀だとばかり」

「そのような戯言《たわごと》が通じるとっ！」「ニケ、控えよ」

激高しかけた長子を寡黙な副統領が抑えられた。

「っ！　……はい。申し訳ありませんでした」

悔しそうに項垂れ、ニケは発言を終えた。

副統領が提案される。

「……ピルロ、本日予定していた投票は延期とする他ない、と考えますが」

「父上っ！　それではリンスター側との交渉が――」

「勘違いしないでいただきたいのです、私は、国土を焦土と化してまで戦い抜くべき、との極論を唱えるつもりはありません。ですが……今暫《しばら》くの時間が必要では？」

ニケの必死な訴えをカーライルが遮った。突然の譲歩に皆が困惑する。……何を？

カーライル・カーニエン侯爵――かつての私の先輩は、白々しく提案した。

「次の闇曜日までの投票延期を提案致します。リンスター側も水都の沈黙は認識しておる筈。僅か数日ならば交渉延期を飲みましょう。如何《いかが》か？」


「カーライルっ！」

『次の闇曜日までの投票延期』を決議、散会となった十三人委員会を終えた私は、ホロント侯と話しながら秘密回廊を進んでいる、カーニエン侯の背を呼び止めた。

先輩は振り返ると、呆《あき》れ混じりの顔になり、

「……すまん、先に行ってくれ、ホッシ。事は万事順調だ」「……ああ」

侯を先へ行かせ、自身は立ち止まった。道化じみた動作で私を迎える。

「何でしょうか？　ロンドイロ侯爵令嬢。紅茶を飲む時間は作れそうにないのですが」

「ふざけないでっ！」

私は白の石壁にカーライルを押し付けた。

「随分と情熱的ですね。残念ながら、私には愛すべき妻がいるので応じかねます」

「白々しいっ！　聖霊教異端審問官ですって⁉　しかも、水都で戦闘？　正気ですか？」

「到《いた》って正気ですよ。離していただけますか？」

ゆっくりと手を離す。

——学生時代のカーライルは俊英を謳《うた》われ、将来を嘱望されていた。

だからこそ、前カーニエン侯爵に請《こ》われ、婿として侯爵家に入ったのだ。

そんな人が……聖霊教異端審問官や使徒なんて、得体の知れない連中と手を組むことの恐ろしさが分からない訳はないっ！

私の咎《とが》める視線を受け、カーライルは胸元を直した。

「要は、どっちについた方がマシか、なんですよ。リンスターにつけば、何れ北部五侯国も奪われる。対して、聖霊教に領土欲はない。彼等が欲《ほっ》しているのは全く別なモノです」

「だからといってっ！」

表情が変わり、昔の……私が大好きだった頃の先輩の顔になった。耳元で囁《ささや》かれる。

「……昔の誼《よしみ》だ。もう俺と聖霊教には関わるな。それと一刻も早く、最悪でも次の光曜日までに水都を脱出しろ。ロンドイロ侯国に戻るなよ？　戻れば――……」

死ぬぞ。誰もあの怪物には勝てない。『剣姫の頭脳』と『剣姫』であろうとも。

「………えっ？」

問い返す間もなくカーライルは踵《きびす》を返し、二度と振り返らなかった。

私は立ち竦《すく》み唖然《あぜん》とし、心に嵐が荒れ狂う。先輩……貴方は何を望んで？

「ロンドイロ侯爵令嬢」

振り向くと、眼鏡の位置を直しながら酷《ひど》く不機嫌そうな顔の青年が立っていた。

「話が出来るだろうか？　……カーライルについてだ」

「……ええ。丁度、私も貴方と話したい、と思っていた所です。ニケ・ニッティ殿？」

＊

「ん～…………」「♪」

右腕が温かい。アトラが夜中に移動したのかな……？

ぼんやりとしていると、意識がはっきりとしてきた。昨日は遅くまでケレブリンさんから南都の話を聞いていて、それで。

――……もしかして、寝坊したかも？

目をゆっくり開けると、紅髪《あかがみ》の美少女の顔が間近にあった。

ベッドの上でうつ伏せになり、両肘をつき幸せそうに微笑《ほほえ》んでいる。

カーテン越しの陽光が脇机上の二つの懐中時計と少女の紅髪を瞬《また》かせた。

「おはよう、アレン」

「お、おはよう、リディヤ」

ぎこちなく挨拶をし、右側を見る。

僕の腕に抱き着き、すやすや寝ている長い白髪の獣耳幼女。アトラ、人型に？

リディヤが頬《ほ》っぺたを突《つつ》いてきた。

「ふふ……♪　あんたが寝坊するなんて珍しいわね。昨日の夜、ケレブリンの話を聞き過ぎたせいよ。はんせい、しなさーい」

「ぐぅ……」「――♪」

夢を見ているのか、アトラが獣耳を動かし笑った。

起こさないようゆっくりと右腕を引き抜き、上半身を起こして、聞く。

「リディヤ、体調はどうだい？」

「全開の六、七割ってところね」

回復が進んだ分、僕を通じてアトラに魔力が注がれた、のかな？

回らない頭で考えていると、ベッドから降りた少女がカーテンと窓を開けた。

清々《すがすが》しい風と温かい陽光。小鳥達が鳴いている。

「早く顔を洗って、歯を磨いてきなさい。そうしたら、私が直々にあんたの寝癖を直してあげる。ほらほら、はやく～」

「お、押すなよ」

「ふふふ♪」

軽口を叩《たた》き合っていると、アトラが眠そうに起き上がった。

獣耳と尻尾を震わせ、宝石みたいな瞳をパチクリ。僕達の名前を呼んできた。

「──アレン、リディヤ♪」

「おはよう、アトラ。よし！　一緒に顔を洗って、歯を磨こう。その後、リボンを着けようね」

「いっしょー☆」「……む」

寝癖をつけた長い白髪の幼女を抱き上げ、洗面台へ向かおうとすると、裾を摘まれた。

「——……私も何処《どこ》かの自称家庭教師さんの寝顔を観察していたから、顔を洗うわ」

「え？　でも」

「い・い・の」

表情がこう言っている。『私も構ってっ！』。こういう所は子供っぽいんだよな。

アトラを抱えたまま、恭《うやうや》しく会釈《えしゃく》。

「——お姫様の仰《おお》せのままに」

「よろしいー。……えへへ♪」

幼女を椅子に座らせ紫のリボンを着けていると、入り口がノックされた。

寝間着にケープを羽織ったリディヤへ視線を向ける。

「起きているわ」

「失礼致します。リディヤ御嬢《おじょう》様、アレン様、おはようござい——」

「サキ♪」

長く美しい白髪を靡《なび》かせたアトラが椅子から飛び降り、メイドさんの足に抱き着く。

「ア、アトラ御嬢様⁉　いったい何時——……いえ」

膝を曲げて幼女と視線を合わせると、ふわりと微笑み挨拶された。

「おはようございます」「♪」

「あ～！　サキちゃん、いいなぁ～。おはようございまーす。南都とは未《いま》だに連絡出来ませんが、他は異常無しでーす☆　早朝に、食料等をニッティ家の家宰の方が届けてくださいまして、トゥーナさんに対応していただきました」

シンディさんもやって来て報告をしてくれる。

ニッティ家の家宰——確かニケのメモだと名前はトニ・ソレビノ。

パオロさんの御兄弟で、トゥーナさんの義父だ。

此処《ここ》の場所は知らないと聞いていたけれど……ニケが教えたのかな？

リディヤが口を開いた。

「サキ、シンディ、御苦労様。朝食は部屋で——」

「遅くなりました」

ガラガラ、と台車を転がしながら、褐色肌の美人メイドさんが部屋に入って来た。

木製トレイには、美味《おい》しそうなパンとスープ。焼きたてだと分かるオムレツや分厚いベーコンとサラダも載っている。

スカートの両裾を摘み、典雅な挨拶。

「おはようございます、リディヤ御嬢様、アレン様。朝食をお持ち致しました」

「流石《さすが》ね、ケレブリン」

リディヤが純粋に称賛する。僕達の希望を予測してくれていたらしい。

美人メイドさんが凛々《りり》しく受け答え。

「不肖、このケレブリン、メイドとしてリンスター家に長くお仕えし……」

途中で沈黙し、瞳に大きな動揺が出現した。

視線の先には、サキさんに抱きかかえられた白髪の幼女。リディヤが訝《いぶか》し気に問う。

「どうしたの？」

「あ……い、いえ……そ、その、とてもとても愛らしい御嬢様は……」

幼女が元気よく返事をした。

「アトラー♪」

「はぅっ！」

ケレブリンさんは胸を押さえ、その場にしゃがみ込まれた。

敷かれている絨毯《じゅうたん》の模様を見つけながら、詠唱している。

「……いけません。これはいけません。何という愛らしさでございましょう。幼き頃のリサ御嬢様、リリー御嬢様、リディヤ御嬢様、リィネ御嬢様に匹敵致します……嗚呼《ああ》、ですが、ですがっ！　私には大奥様という心に決めた御方が既に…………。然《しか》れども、然れどもっ‼」

「準備を致します」「私達に任せてください♪」

サキさんとシンディさんが、先輩メイドさんを気にせず、テーブルにお皿を並べ始めた。

僕は戸惑い、隣にいるリディヤへ目で助けを求めた。

「知っているでしょう？　ケレブリンはうちの前副メイド長。ついでに言うと、現副メイド長ロミーの教育係。で、そのロミーはサキとシンディの教育係」

「……あ～」

アンナさんが会長を務めている秘密結社『リディヤ御嬢様、リィネ御嬢様を陰日向《かげひなた》から御見守りする会』の構成員であり、可愛《かわい》い女の子は『絶対守護！』を是《ぜ》とされる方らしい。

……昨晩の話しぶりは『仕事が出来る大人な美人メイドさん』だったのになぁ。

肩を竦め、僕の寝癖を手で直すリディヤに苦笑する。

「今の言葉で納得してしまった自分が怖いよ。何時からだろうね？」

「あら？　良かったじゃない？　私の家族達のことを新しく知れて」

「っ！」「リ、リディヤ御嬢様……」「か、家族……？　わ、私も………？」

室内にいる三人のメイドさんの身体《からだ》が大きく震わせた。

ケレブリンさん、サキさんは瞳を潤ませ、シンディさんは床を見つめている。

照れたリディヤがぶっきらぼうに言い放つ。

「ほら、早く準備をしてちょうだい。お腹《なか》が空いちゃったわ」

「「「は、はい……はいっ！」」」

三人のメイドさんは朝食の準備を再開。アトラは面白そうにその様子を眺めている。

リディヤが僕の左肩に頭を乗せてきた。

『家族』か。きちんと言えるようになったんだな。

「……何よー、その顔はー？」

「何でもないよ。さ、座ろう」

＊

「では、南都の本営にティナ達がいるのは間違いないんですね？　そして、水都への連絡線を確保する為《ため》、アトラスの侯都奪取に参戦しようとしている……と」

豪華な朝食を終えた僕は、アトラ用の小さなカップへ食後の紅茶を注いでいるケレブリンさんに、昨晩の話を確認した。後ろのサキさん達にも報告されているとは思うけれど、この手の話は繰り返した方がいい。

僕の隣で紅茶に映った自分の顔を不思議そうに眺めているアトラへ、慈愛溢《あふ》れる瞳を向けた後、ケレブリンさんが首肯された。

「ステラ・ハワード公女殿下の御指導の下、ティナ・ハワード公女殿下、エリー・ウォーカー御嬢様が、皆を瞠目《どうもく》させる活躍を示しておいでです。フェリシア・フォス御嬢様には、御働きを見た各家から、縁談の申し込みが殺到しているとか」

僕の心中で複雑な感情が渦を巻く。

東都から南都へ自分達の判断で移動し、力を発揮している教え子達を褒め称《たた》えたい。同時に水都で垣間見《かいまみ》えた、戦役中のフェリシアが主導したらしい経済攻勢の規模を鑑《かんが》みると……そこにティナが加わるのはまずい気もする。

あの何処までも真っすぐな少女はまごうことなき天才なのだ。

リディヤがカップを置き、美人メイドさんへ質問。

「昨日聞きそびれたわ。リィネとカレンはどうしているの？」

「リィネ御嬢様とカレン御嬢様は聡明《そうめい》であられます。生きた情報を持ち帰るべく、『七塔《しちとう》要塞《ようさい》』への威力偵察を敢行されました。護衛はリリー御嬢様と私が」

僕は心理的衝撃を紛らわす為、隣の幼女の頭に手を置いた。まさか、最前線にまで。

「ふふ――やるじゃない」「♪」

概嘆している僕に対し紅髪《あかがみ》のお姫様は満足そうだ。つられてアトラも嬉《うれ》しがる。

リディヤは言葉にしないけれど、あの二人を高く評価しているし、大好きなのだ。

僕はアトラを抱き上げ膝上に乗せ、ケレブリンさんへ質問した。

「リンジー様は要塞の力攻めを？」

「水都の状況次第では躊躇《ちゅうちょ》されないかと」

水都一帯を覆っている謎の通信妨害が、問題を大きくしている。

サキさんの魔法生物による索敵とニケの調査で、『三日月』が都市内にいないのはまず間違いない。一時的に南方へ去ったのだろう。

つまり妨害を行っているのは、残った聖霊教の連中の仕業だと推測出来る。

けれど……複数名であっても、大規模魔法を常時発動し続けられるのだろうか？　索敵で見つからないのも不可思議だ。

何か引っかかるものの……形にならない。

リディヤが左手を振った。

「大丈夫よ。私達は交渉窓口役だから水都に残るけれど、要は犠牲を出さずに済む方法を考えればいいんでしょう？　早期講和も流れそうだしね。さ、案を出して」

「……無理を言うなぁ。あと、僕は講和を提案していたんだからね？」

左手を振り、『七塔要塞』の最新防衛情報を反映させた立体図を空中に投影させる。

ケレブリンさんが長い睫毛《まつげ》を動かし、後ろのサキさんとシンディさんが息を呑《の》んだ。

「僕の案を説明します。より良《い》い案を……そうですね。ステラが思いついてくれたのなら、容赦なく廃案にして下さい。連合側が講和交渉を希望するならば、そちらを優先に」

暫《しばら》く話し続けた後──僕は立体図を消した。ああ、アトラがおねむだ。

僕は頰を掻《か》き若干の気まずさを覚えながら、メイドさん達に頭を下げた。

「以上です。御意見、聞かせていただけますか？」

「「…………」」

返答がない。あ、あれ……？

戸惑っていると、リディヤが口を開いた。

「悪くないわ。問題は出来ると思う？」

「あの子達なら出来るさ。……教え子を戦場に出すのは不本意だけど」

教授が例の品を南都に届けてくれていれば、より可能性は上がるだろう。

紅髪の少女は僕の答えに若干不機嫌になりつつも、議論を先へ進めた。

「…………ふ～ん。まぁ、いいけどね。魔法式はどうするの？」

「東都にメモを残しておいたけれど、折角だし改良して渡そう」

空中に今度は雷属性の魔法式を展開。

すぐさまリディヤが細い指でなぞり、止めた。

「――此処の式、不要よ」

「そうかな？　貫通力は上がるけど暴発の危険性も上がるし……」

「あんたは変に過保護なのよっ！　私の義妹《いもうと》を信頼しなさいっ！」

出来ればそういう台詞《せりふ》は、カレンに言ってあげてほしい。

僕は次の氷属性の魔法式を指差した。

「じゃあ、こっちは？」

「――……安全弁を、今すぐに、増やしなさい」

どうしよう。瞳が全く笑っていない。おずおず、と提案。

「……ティナに厳し過ぎ、じゃ？」

「はぁっ!?　どーして。そうあの小《ち》っちゃいのに甘いのよっ！　私が魔法を使えるようになった後も相当な期間、魔力の全開発揮なんて許してくれなかったくせにっ‼」

「んー成長を見てみたいしね。あと、エリーとリリーさんがいれば――」

「リリーの名前を出すの禁止っ！」

リディヤが駄々をこね始め、魔法式が霧散した。

従姉《いとこ》に対するこの反応は何なのか。アトラの教育に良くない。

沈黙されていたケレブリンさんが、深々と僕へ頭をさげてきた。

「大奥様がアレン様を大変買われる意味――はっきりと理解致しました。万事、ケレブリンにお任せ下さい。全速力にて南都に情報と作戦案を持ち帰る所存でございます」

「お願いね」「お願いします」

僕達も会釈《えしゃく》を返し、予定を伝える。

「船が出るのは今晩ですよね？　なら、みんなへ手紙も書いて――」

突然扉がノックされた。酷《ひど》く緊張しているようだ。

僕はリディヤと顔を見合わせた。

「どうぞ」「開いているわ」

少年とメイドさんが顔を強張《こわば》らせ部屋へ入って来た。尋常な様子ではない。

「ニコロ君、おはようございます。どうかしましたか？」

「……おはようございます、アレンさん。気になることがあるんです。トゥーナ」

少年が悲愴《ひそう》感を漂わせ、血の気の無い少女の名前を呼んだ。

トゥーナさんは極度に緊張しながらも、一歩前へ踏み出す。

「私の義父《ちち》トニ・ソレビノについて……急ぎお話ししておきたいことがございます」

*

「ん～……どうしようかな」

朝食を食べ終え私服に着替えた僕は、内庭に出てティナ達の魔法式を改良していた。

部屋から持ち込んだテーブルの上には藤籠。その中に収まったアトラがすやすや。

和みながら目の前に浮かぶ魔法式を弄《いじ》るも……トゥーナさんの厄介な話や、古書から出て来た謎のメモの内容が気になってしまい、決断出来ない。

例のメモについてはニコロ君に期待だ。『一部の単語は読めそうです』と言っていたし。

魔法式については――振り返りつつ、声をかける。

「リディヤ、意見を聞かせて――……ねぇ」

「何かしら？」

剣士服に着替え、腰に魔剣を提げている紅髪の公女殿下は白の日傘を左手に、右手に映像宝珠を持って澄まし顔をしていた。

僕をずっと撮っていたらしい。

「……敢《あ》えて、敢えて聞くよ？　その映像宝珠……どうしたんだい？」

「『リンスターメイド隊の嗜《たしな》みでございます。こんなこともあろうかとっ！』」

「ケレブリンさん。勝手に撮るのは止《や》めよう」

「せいかーい。え、やだー♪」

リディヤがスカートを靡《なび》かせながら一回転。胸のネックレスが輝いた。

あの前副メイド長さん、いい人だし、凄《すご》い人なんだけど……厄介だな。

宝珠を仕舞い、跳ねるように紅髪の少女が近づいて来た。

日傘を差し出してきたので立って受け取ると、リディヤは空中に指を滑らす。

【双天《そうてん》】の魔法式。こうして見ると頭の螺子《ねじ》が抜け過ぎていて、どうかしているわね」

「身も蓋もないけれど、その通りだから擁護出来ない。本人はちょっと君に似ていたよ」

王国東北部――大陸最大の塩湖である四英海《しえいかい》にあった小島の奥で出会い、戦った恐るべき魔女を思い出す。『勇者』様でもなければ、まともに戦っちゃいけない人だったな。

前へ回り込み、両腰に手をやりながら詰《なじ》られる。

「失礼ね。自分の奥さんを貶《おとし》めるなんて、教育が必要かしら？」

「御戯《おたわむ》れを、リディヤ・リンスター公女殿下」

「今の私はリディヤ・アルヴァーンだもの──今朝も言ったけれど、小っちゃいのの魔法式は簡素化した方がいいわ。暴発したらことよ？　この子もそう言っているし」

リディヤが右手の甲を見せてきた。

大精霊『炎麟《えんりん》』の紋章が白の手袋越しに瞬《またた》いている。ふむ。

「……『炎麟』の意見なら採用しようかな」

「かわいくなーい。全然かわいくなーいっ」

胸をぽかぽか叩《たた》かれる。寝ているアトラの尻尾がそれに合わせて右へ左へ。

リディヤがクルリと背を向け、身体《からだ》を預け、胸の中に収まった。短く一言。

「……私の分は？」

ないわけがない、と確信している、甘え全開の口調。

水都に来てから、大学校一年目のリディヤに戻っているような？

そう思いつつも、左手を握り締め新しい魔法式を出現させる。

炎属性極致魔法『火焔鳥《かえんちょう》』をリナリアの簡易魔法式で書き換えた、改良版だ。

魔法制御の困難さは格段に増しつつも、火力の向上は見込める。

――言うまでもなく対『三日月』対策の一つ。

吸血鬼討伐事例の戦訓『絶対的な魔法障壁を貫く火力が必須』に従った形だ。

リディヤは素早く目を走らせた後、楽しそうに僕を両手で押して来た。

「ま、悪くないわね。立ってるの疲れた。そっちのソファーにいって！」

「はいはい」

言われるがまま腰かけると、「足も乗っけて！」

ソファーの上で足を伸ばすと、リディヤは魔剣『篝狐《こうこ》』を椅子に立てかけた。

そして――

「あ、こら」「逃げるのきんしー」

僕をクッション代わりにして、寄りかかってきた。

身体の柔らかさと、同じ石鹸《せっけん》とシャンプーの匂いが鼻腔《びこう》をくすぐり、心臓に悪い。

リディヤは御機嫌で、前髪を揺らしながらさっきの魔法式を浮かべ、

「……えへへ。アレンが私の為《ため》に創ってくれた魔法。早く撃ちたいな……」

完全に気が抜けた様子だ。でも、すぐに習得してしまうだろう。

リディヤ・リンスター公女殿下は天才なのだ。

浮遊魔法を発動し、テーブルの上の二冊の古書を移動させる。

手に取ってパラパラと捲《めく》り、思考を共有しておく。

「水都の史書と『貴族総覧《きぞくそうらん》』を読んでみたんだ。かつて侯国連合は、水属性大魔法『水崩《すいほう》』を有した侯王が治めていたらしい。今では殆《ほとん》どの血統が喪《うしな》われ、ピサーニとニッティの家だけは残っている。『エーテルハート』という魔女の家系が消え、『コールハート』、そして――『ロックハート』という分家が残ったのと同じだね」

古書を捲り、『コールハート』『ロックハート』の欄をリディヤに見せる。

『エーテルハート大公家の藩屏《はんぺい》。詳細不明』

ロックハートの注意書きには、コールハートと同じく『ロックフィールド』という本家があったとの短い記載。一人は半妖精族の長《おさ》グレンビシーの婿養子になったらしい。その婚姻の際、竜人族の長も立ち会ったようだ。

王都へ戻ったら、ティナ達の同級生であるパトリシア・ロックハート伯爵令嬢に話を聞いてみないと。紅髪《あかがみ》の少女が得心した。

「ニコロが狙われているのはそっち絡《がら》みね。自分達の正当性でも手中にする腹かしら？」

「なら他の人物でもいい筈《はず》だ。彼等《かれら》の狙いはニコロ・ニッティ。そして――『礎石《そせき》』」

部屋の扉が開く気配。

気づいていない筈はないのだけれど、リディヤは冷たく断じた。

「碌《ろく》でもない話でしょうね」「……だろうね」

異端審問官。使徒の少女。魔法通信を妨害している魔法士達。生きていた『三日月』。

そして──自称『聖女』。現状は後手後手。やりきれない。

僕はリディヤの短い紅髪を手で梳《す》くと、少女はくすぐったそうに身体を揺らした。

「……もう一つ、『旧聖堂』についてなんだけど」

荒々しく歩く音。小鳥達が飛び立ち、アトラの尻尾が反応。

青の礼服に眼鏡をかけ、薄水色髪の男性──ニケ・ニッティが僕を睨《にら》みつけてきた。

「嫁を侍《はべ》らせながらくつろいでいるとは……いい身分だな」

途端、リディヤは字義通り飛び上がり、ソファーの前に着地。

瞳を輝かせながら僕へ尋ねてきた。

「ふふふ♪　ねぇ、私達って傍目《はため》には、ふ、夫婦に見えるらしいわよ！」

「ニケは男女の機微は分からないらしいんだ。ニコロ君が教えてくれた」

「ぶーぶー」

「き、貴様等ぁぁ……」

青の貴公子の魔力が膨れ上がり、周囲に水球がうまれていく。

からかい過ぎたようなので、左手を振って水魔法を消失させる。

「冗談ですよ」「もっと度量を広くしてほしいわね」

「～～っ！」

頭を抱え黙り込み、荒く呼吸をした後――ニケが報告をしてくれる。

「……十三人委員会についてだ。カーライル・カーニエンの発案で、講和案の採決は延期となった。次回は闇曜日の早朝となる。貴様の私案も全体で検討はされていない」

「延期、ですか」

「御祖母様《おばあ》達はこの間も軍を動かすわよ？　聖霊教の動きを座視はされない」

「……分かっている。『七塔要塞《しちとうようさい》』が戦場になる可能性は高かろう。事実上、講和は流れたのだ」

「聖霊教の使徒と『三日月』の話は出したんですか？」

ニケには、僕達が交戦した使徒の少女と吸血姫の件は直接伝えてある。

声なき呻《うめ》きを発しながら、侯子が項垂《うなだ》れた。

「……父に反対された。『交戦派を追い込み過ぎるな』と。詳しい話は出来ず、だ……」

ニケは強い覚悟を持って、十三人委員会に臨んだのだろう。

水都を、自分の故郷を戦場にはしない、と固く誓って。

「取りあえず、今の話で理解しました」

「……何をだ。私がカーニエンに無様な『敗北』を喫したことをか？」

「彼等の目的についてです――カーニエン侯は明確な目的を持って時間を稼ごうとしている。多数決が行われたとしても、『準備に数日欲しい』と言ったと思います」

「っ⁉」

身体を憤怒《ふんぬ》で震わせ、ニケは拳を握り締めた。

……次の闇曜日、か。

「ニケ、再度の質問です。水都の『旧聖堂』について何か思い出せませんか？　また、『礎石』という単語に心当たりは？」

「貴様が『七竜《しちりゅう》の広場《ひろば》』で言っていた聖霊教の目標。そこまで気にする理由は？」

侯子は顔を上げ、訝《いぶか》し気に僕を見た。

まだ何か隠しているのだろう？　という顔だ。

「僕は四英海にある小島の遺跡で会ったんですよ――古《いにしえ》の大英雄に。彼女の英雄譚《たん》の中に、こういう一節があります」

『水都大議事堂地下に死した水竜の遺骸を埋葬し、封じた』

風が僕達の間を通り抜け、右手薬指の指輪が赤く光った。

「彼女が生きていたのは、約五百年前の大陸動乱期。けれど、今の水都大議事堂は新し過ぎます。『旧聖堂』は、かつて議事堂だったのでは？」

議事堂の移転は史書に一切記されていない。誰かが意図的に隠蔽したかのように。

ニケが腕を組んだ。

「……間違ってはいない。だが、故事を知っているのは父と古老の数名だけであろう」

「ピサーニ統領も知らない、と？」

「ニッティは水都最古にして、『侯王』の血を今に受け継ぐ唯一の家。ピサーニの家は一度、断絶し伝承を喪っている。元々はもう一家あったと聞くものの……分からぬ」

『侯王』の家系が三家。

聖霊教の狙いの一つは――『侯王の血』。何かしらの魔法を動かそうとしている？

ニケが憎々し気に睨みながら、踵《きびす》を返した。

「……話は終わりだ。貴様の指示通り、講和派の南部四侯には警戒するよう、人を遣わした。虎の子の飛竜を用いたが、辿《たど》り着けたかは分からん」

「大規模な魔法通信妨害は、やはり聖霊教が？」

「一切の情報が出て来ぬ。……だが、それでも」

叫んだ侯子が居住まいを正し、背を向けたまま雄々しく宣言する。

「我が名はニケ・ニッティ。侯国連合を守護し、水都を守護し、水都に生きる者達を守護することを誓った者だ。たとえ、才足らずとも……誓いを破るつもりは毛頭ないっ！」

……不器用な人だ。

王立学校を卒業した日の言葉を思い出す。

**『狼《おおかみ》族のアレン！　貴様、私と一緒に水都に来いっ！　ニッティの力を好きに使い、その力を大陸全土に知らしめよっ！　……私と違い、それ程の才があるのだから』**

ええ、忘れていませんよ。僕は貴方《あなた》に恩がある。

同期生内では、リディヤとシェリル、ゼル以外認めてくれなかった僕を、真正面から認めてくれた、という大恩が。それは必ず返さなければならない。

青年の背中に呼びかける。

「ニコロ君達は僕達が面倒を。君の弟さん、化けますよ」

「好きにせよ。ロア・ロンドイロ侯爵令嬢が、カーライル本人に『光曜日までに水都を脱出しろ』と忠告を受けたそうだ。奴等《やつら》はその日以降に何かをしようとしているのだろう」

僕とリディヤは顔を見合わせた。図らずも次の炎曜日までに動きがあるようだ。

反応を待つニケへ、判明した事実を通告する。

「では僕も――そちらの家宰さんの話と、この書庫に出入りした人物についてです」

短く会話を交わした後、ニケは何度も頭を振りつつも「……パオロに、確認が必要だ。必要な物は用意しよう……書庫に他者の出入りは私の知る限りない。祖父の時代は分からぬが……」と零《こぼ》し、憔悴《しょうすい》しきった様子で部屋を出て行った。

今の水都では信じ難《がた》いことが起こる。

彼と入れ替わりでメイドさん達が次々と到着。整列した。

魔剣を腰に提げたリディヤが命令する。

「サキ、シンディ、移動の準備を。今晩にでも、『御客さん』がやって来るわ。『猫の小《こ》路《みち》』の獣人達への連絡も忘れずにね」

「はい！」「はーい☆」

次いで、僕も情報を伝達。

「ケレブリンさん、ニケ・ニッティが『足』の確保を約してくれました。届き次第、南都へ出発願います。今の水都の最新情報は戦況を決定的に変えます」

「承りました。アレン様、此方《こちら》、ニコロ坊ちゃまからでございます」

美人メイドさんは首肯しつつ、幾つかの単語が書かれたメモ紙を手渡してきた。

――『**師の花天**《かてん》』『**兄弟子の黒花**《こっか》』『**竜の御業**《みわざ》』。

走り書きで『他は解読中ですが、文体からして書いたのは幼い女の子だと思います』。

瞬間、脳裏にステラとティナを幼くした少女の姿が鮮やかに描かれた。

そうだ。僕はあの文字を――ローザ・ハワード様が娘達の為《ため》に書かれた、愛情溢《あふ》れる文字を北都のハワード家の屋敷《やしき》で何度も何度も見た。

この書庫に幼い頃の彼女は来ていたのだ。師と兄弟子と共に。

……早く水都の騒乱を終わらせる理由が増えたな。

公女殿下が全員を見渡した。

「皆、仕事を始めてちょうだい」

メイドさん達が背筋を伸ばし、深々とお辞儀をした。

『リディヤ御嬢《おじょう》様の仰《おお》せのままにっ！』

＊

侵入警報が発せられたのは陽《ひ》が落ち、水都廃墟《はいきょ》街が漆黒の闇に包まれた後だった。

魔法生物の黒鳥達で屋敷の周囲の監視を行ってくれていたサキさんが、椅子に座って目を瞑《つぶ》りながら冷静な口調で教えてくれる。

「アレン様――来ました。正面及び裏手からの同時侵攻です。探知魔法網を無効化しながら、ゆっくりと近づきつつあります。数はそれぞれ十名前後。フード付き外套《がいとう》の為、顔の識別は不明ですが、先頭は老人です。例の使徒を名乗る少女はいません」

僕は壁に背中を預けている剣士服姿のリディヤと視線を合わせ、頷《うなず》き合う。

聖霊教異端審問官。そして、老人は此処《ここ》の場所を知っている裏切り者。

部屋の脇で身体《からだ》を小さくしていたニコロ君とトゥーナさんが震え、項垂れる。

椅子に立てかけておいた魔杖《まじょう》『銀華《ぎんか》』を手にし、僕はメイドさん達へお願いした。

「皆さん、事前の予定通りに行動を。合流は地下の秘密水路です」

「はーい♪　第二班、行っきますよー☆」『はいっ！』

腰に二振りの無骨な短剣を提げたシンディさんが、数名のメイドさん達を引き連れ出て行った。裏手の迎撃を担当してくれるのだ。

一瞬だけ——乳白髪のメイドさんと視線が交錯。そこには固い決意が見て取れた。

僕の親友だったゼルベルト・レニエが、吸血姫と雌雄を決する前に見せた瞳と同じ。

……大丈夫かな。

「アトラ御嬢様、籠にお入り下さい」「♪」

僕の懸念《けねん》に対して、平時と一切変わらぬ様子のケレブリンさんは、白布を敷いた藤籠へ、
紫頭巾を被《かぶ》ったアトラをわざわざ抱きかかえて入れている。

目を開けた鳥族のメイドさんは、残ったメイドさん達へ下令。

「撤収準備」『はいっ！』

一気に部屋の中が慌ただしくなる。貴重な文献も持って行きたいけれど……無理だな。

僕が無念に感じていると、リディヤが静かに話しかけてきた。

「……ねぇ、私も戦いたい」「駄目です」

僕の相方の魔力はまだ全回復していない。

それ程までに、魔力を深く繋《つな》いで放った全力『紅剣《くけん》』は負担が大きかったのだ。

不服そうな公女殿下の目を見て、左肩に手を置く。

「君が相手をしなきゃいけないのは、今から来る連中じゃない——『三日月』だ」

「……あんたも、でしょう？」

「大丈夫、無理はしないよ」

「……早く帰って来てね？　あと、ん」

紅髪《あかがみ》の少女は不承不承といった様子ながらも退き、手を伸ばしてきた。

『火焔鳥《かえんちょう》』の試射に必要でしょう？」

しれっとした口調。ただし、瞳には不退転の色。

「……了解したよ」

握りしめて魔力を極浅く繋ぐと、ほっとしたように表情を崩した。

リディヤは再会以降、僕と離れるのを強く忌避している。

メイドさん達の視線を感じつつ、僕は緊張し切っている少年少女に話しかけた。

「では、ニコロ君、トゥーナさん、侵入者の顔を見に行きましょうか」

二人を連れて、正面側の敵へと向かう。

適時、サキさんの黒鳥達が位置を教えてくれるので奇襲を受ける心配はない。

そのままぼんやりとした魔力灯《とう》の中、広い廊下を進み、広間へ。

正面玄関は吹き飛び、老人が数名の灰色のフード付きローブを着た聖霊教異端審問官達へ指示を出している。魔杖の石突きで大理石の床を打つと、気持ちの良い音が反響。

「歴史的建造物を破壊するのは、賛同しかねますね」

『！』

男達の顔には驚愕《きょうがく》。奇襲の成功を確信していたようだ。

「嘘《うそ》だ……」「そんな……」

ニコロ君とトゥーナさんの悲愴《ひそう》感溢れる独白を聞きながら、老人へ会釈《えしゃく》。

「ニッティ家家宰トニ・ソレビノ殿とお見受けします。この襲撃は、ニコロ君を狙ったものと解釈して構いませんか？」

痛い程の沈黙が空間を支配した。

外套を自ら脱ぎ捨て、軽鎧《けいがい》を身に着けた白髪の老人が、身体強化魔法を発動しながら古めかしい剣を抜いていく。胸元には金に輝く聖霊教の印。右手は黒い義手。

『黒騎士』ウィリアム・マーシャルが身に着けていた物と同種か。

冷たい憎悪《ぞうお》の光を瞳に宿す老人が僕へ問いを発した。

「語る言葉を持っておらぬ。……『首狩り』は何処《どこ》か？」

お茶の合間にケレブリンさんから聞いた、南方戦役の戦話を思い出す。

つまり、この人がニッティを裏切ったのは。

「なるほど、『首狩り』ケレブリン・ケイノスへの復讐《ふくしゅう》ですか」

「「っ！」」

ニコロ君とトゥーナさんが激しく動揺する中、トニが床を思いっきり踏み抜いた。

轟音《ごうおん》と共に大きな亀裂が走り、窓硝子が落下し割れる。

身体強化魔法を重ね掛けする、典型的な前衛騎士！

昼間のニケが言っていた。トニは右手を喪《うしな》い家宰となる以前、歴戦の騎士だったのだ。

老人が昔年《せきねん》の憎悪を表に出し、叩《たた》きつけて来る。

「……あの日、戦場で見た奴《やつ》の大鎌の禍々《まがまが》しき光と嗤《わら》い声。忘れもせぬっ！　我が右腕の恨みと、私を戦場に捨て置いた屈辱、果たせずにおくものかっ‼」

たまらず、ニコロ君が前へ出て来て悲痛な叫びをあげる。

「トニ！　止《や》めてくれっ‼　……お願いだ」

「──ニコロ坊ちゃま。貴方《あなた》様や、ニケ様のような賢き方々には分かりませぬ。剣に生きながら、死に損なった敗残騎士の気持ちなぞ。完膚なきまでに敗れながら、生を強要された男の気持ちなぞ……たとえ、どれ程賢く、どれ程、書物を読もうとも」

「っ！　そ、そんな……ぼ、僕は………………」

「お義父《とう》様、このような暴挙、許されるものではありません。どうか……どうかっ！」

項垂《うなだ》れたニコロ君の抱きしめ、トゥーナさんが訴えた。

トニは顔を歪《ゆが》め、痛恨を吐き出す。

「お前には、今朝方『逃げよ』と命じた。所詮、私は義理の父であったか……。今は亡《な》き戦友には申し訳ないが、是非もあるまい」

「お義父様っ！！！！」

愛する娘の言葉すらも今のトニには届かない。ゼルの言葉を思い出す。

『復讐の理由なんて大概はくだらねぇのさ。だけど——人は時にそんなもんで狂う』

老人が剣を突き付けてくる。

「ニコロ・ニッティ——一緒に来てもらおう。貴様には、貴様にしか出来ぬ役割がある。『罪深き侯王』の血を濃く受け継ぐお前にしか出来ぬことがな。他の者は殺して構わぬ」

『はっ！』

片刃の短剣を抜き放ち、異端審問官達が突撃してきた。

トゥーナさんも短剣を抜き放ち、ニコロ君を守る態勢。

『っ！』

直後、天窓を突き破り巨大な黒鳥が狂信者達を吹き飛ばした。サキさんの魔法生物だ。

異端審問官達は鎖を生み出し壁や天井に張り付き回避。トニへ告げる。

「この書庫の正確な場所は、ニッティの人間と貴方《あなた》の弟であるパオロさん。一部の獣人達しか知らない筈《はず》。貴方に正確な位置を教えたのは、誰なんです？」

「――……それは」

トニが口を開く前に屋敷全体に衝撃が走り、グラグラと揺れた。

桁違いの魔力の鼓動。魔力感知が妨害される感覚に襲われる。

「なっ⁉」

驚き、上空を見上げると――巨大な『黒花《こっか》』の形をした魔法陣が明滅していた。

同時に屋敷内に複数の魔力を感知。

……この魔法は。

「アレンさんっ！」

ニコロ君の注意喚起と同時にトニが大理石の床を蹴り、僕へ剣を振り下ろして来た。

雷刃《らいじん》を形成させた魔杖で受け止め、数合打ち合って切り払い対峙《たいじ》する。

老人の嘲笑。

「クク……迎撃を受けるのはあの御方の想定内。『三日月』殿が水都を離れられたことに疑問を持たなかったのか？　日に使える数は限られても転移魔法は素晴らしいっ！」

使徒イーディス、ラガトという異端審問達の隊長もかなり強かった。

吸血姫に堕《お》ちた『三日月』アリシア・コールフィールドは言わずもがな、
が……それ以外にも恐るべき魔法士が水都にいるらしい。

複数の他者を運ぶ転移魔法を使いこなすのは神業に近く、半妖精族の長《おさ》『花賢《かけん》』様や『大魔導《だいまどう》』ロッド卿《きょう》以外の使い手を知らない。

通信宝珠からサキさんの切迫した報告が入った。

『アレン様、感知網外から魔導兵複数に侵入されました。本隊は後退中ですが、第二班は交戦中。このままでは退路が断たれます。お急ぎをっ！』

「……了解です」

短く応答し、魔杖を一回転させ、氷属性初級魔法『氷神蔦《ひょうじんちょう》』及び土属性初級魔法『土《ど》神沼《じんしょう》』を広間一帯に発動。トニと異端審問官達を拘束しつつ、右手首の腕輪から足止め用の炎花を生み出し、ニコロ君とトゥーナさんへ指示を出す。

「退きますよ！」

「は、はいっ！」「で、ですが、きゃっ！」

黒鳥が少年少女を脚で摑《つか》み、屋敷《やしき》内を飛翔《ひしょう》していく。

上空を見上げると、『黒花』が崩壊していくのが見えた。

……精度は『花賢』様の『散花幻星《さんかげんせい》』に及ばない、か。

廊下を駆ける僕の背に、復讐に酔うトニの叫びが突き刺さった。

「逃げても無駄だっ！　すぐに『首狩り』と共に葬《ほうむ》ってくれる。聖女様の名の下にっ‼」

＊

「がっ！」「ぐっ……お、おのれ……」「こ、こいつ等、は、速いっ⁉」


ニッティ家書庫裏口近くの広間。

私達は侵入してきた聖霊教異端審問官達を翻弄、圧倒していた。

「シンディ様、素敵っ！」「私も頑張らなきゃ」「油断は禁物です」「残り五、ですっ！」

同僚のメイド達は次々とそれぞれの武器や拳、箒《ほうき》を叩きこみ、打ち倒していく。

最初に確認した数は十だったのに、残りは五。いけそうだ。

無骨な黒き双短剣を構え、灰色のローブをボロボロにしている侵入者達を嘲笑《あざわら》う。

「『水竜の館』で懲りなかったんですか～？　そんな人数で突破なんかさせません★」

「お、おのれぇえっ！　撃てっ‼」

敵の隊長格――ラガトと呼ばれる男が片刃の短剣を構え、魔法を放とうとした。

私は身を屈《かが》め、地面スレスレを疾走し強襲。

「な、舐《な》める、がはっ」「我等《われら》は聖女様に選ばれ、っぅ！」

まず、魔法の鎖を撃って来た二人を双短剣で切り裂く。

「き、きさまぁぁぁ！！！！」

ラガトが短剣を振り下ろして来たので、受けつつ切り払い跳躍。

天窓の木枠を蹴って、同僚達の下まで後退した。

「シンディ様、凄《すご》いっ！」「無駄口は後ですよ」「撃ちます」「全力ですっ！」

『っ！』

第二班に所属するメイド達が一斉に、自分達が得意とする攻撃魔法を容赦なく発動。

炎・雷・土・風属性の上級魔法が速射され、回避もさせずラガト達に直撃。

破壊音と衝撃。様々な破片が飛び散り、視界が閉ざされていく。

濛々《もうもう》と立ち上る土煙を見つつ、私は目を細めた。

今の内に本隊と連絡を取って――煙を吹き飛ばしながら、数十の鎖が殺到。

双短剣を振るい悉《ことごと》くを斬る。一本もみんなの下へは絶対に通さない。

煙の中から、灰色ローブを血に染めたラガトが現れた。他は倒せたようだ。

相当な出血を負っているものの、気味の悪い黒灰の光が瞬《また》き、傷を埋めていく。

男は憤怒《ふんぬ》を剥《む》き出しに、私達へ折れた短剣を突き付ける。

「お、おのれぇぇぇ！　不信心者の分際でっ！！！！」

「五月蝿《うるさ》いですねー。そういう男の人って嫌われちゃい――む！」

「シンディ様、新しい魔力反応です」「上ですっ！」「これは……」「お、落ちてきます」

天窓越しに巨大な黒い花の形をした魔法陣が見え、明滅しながら崩れていく。

ステンドグラスを突き破り、右手には騎士剣《きしけん》、長槍《ながやり》、戦斧《せんぷ》。左手には大楯《おおたて》を持って鎧《よろい》
兜《かぶと》を装備した重装騎士達が次々と私達の前方に着地。床が大きく揺れた。

リディヤ御嬢《おじょう》様とアレン様の仰《おっしゃ》っていた魔導兵が四体⁉

水都北方『勇士の島』での戦闘で、御二人が多数を倒した筈なのに……。どうやってこの短期間で補充を？　そもそも、サキちゃんの監視網を突破するなんて。

混乱しつつも、私の身体《からだ》は自然と床を蹴っていた。

奴等《やつら》は敵の増援。なら、態勢が整う前に数を減らす。

それが――この場にいる私の、第六席たる者の責務っ！

最も近くにいる魔導兵に双短剣を下段から振るい、長槍を持っていた右腕を籠手《こて》ごと切

断する。聞いていた話よりも脆《もろ》いものの、鮮血ではなく、黒灰の気持ち悪い液体が散った。

戦列後方のラガトが驚愕《きょうがく》し、泡を喰《く》いながら怒号。

「り、量産型とはいえ魔導兵の腕を短剣で斬っただと⁉　こ、殺せっ！　殺すのだっ‼」

右腕を押さえた魔導兵を無視し、三体の魔導兵が急反応。

もう一体は潰しておきたかったけれど……図体と装備の割に、速いっ！

二本の長槍の猛烈な突きを躱《かわ》し、後退。通信担当で同じ孤児院出身の子が教えてくれる。

「シンディ様！　緊急の後退命令です。『ただちに後退を』と」

相手は無傷の魔導兵が三。そして、聖霊教異端審問官が一。

対して、味方は私も含めて全員健在。今なら問題なく退ける。

でも――私は前髪に着けている通信宝珠兼用の髪飾りに手を触れた。

「サキちゃん、状況を教えてー」

『シンディ？』

戦場において、全員が一斉に通信を行うと混乱を引き起こしてしまう為《ため》、リンスター家メイド隊は各班通信の専任者を置いている。私がこうして直接尋ねるのは異例なのだ。

「いいからー。早く、早くー」

『敵の新手です。アレン様によれば、相当な技量の魔法士による転移魔法。精度から見て連発まではあり得る、とのこと。本隊もアレン様達も後退中です。貴女《あなた》達も急いでっ！

……危なかったら、私が迎えに行くわ』

囁《ささや》きを聞いて、くすり。

私の親友で可愛《かわい》い妹はとても優しく、家族想《おも》いなのだ。独白する。

「う〜ん、私の悪い予感って当たるんだよねー。しかも――」

「新たな魔力反応っ！」「「「っ⁉」」」

再び上空に黒い花の魔法陣が出現。

アレン様の見立て通り一発目よりも崩れていく速度が速い。

それでも――残り少なくなっていた天窓を派手に破壊しながら、敵の増援が広場に降り立った。地面が揺れる。

「……最悪」

敵の増援第二波。騎士剣と槌《つち》持ち魔導兵がそれぞれ二。

先程私が負傷させた筈の斧《おの》持ちも右腕を再生させ、戦列に復帰している。

突然、第二班のみんなが私の前へ回り込んだ。

「シンディ様、退いてくださいっ！」「殿《しんがり》は私達が」「リディヤ御嬢様とアトラ御嬢様、アレン様を御守《おまも》りくださいっ！」「孤児院の子達をどうかよろしくお願いします」

水都に駐留しているメイド達は全員『姓無し』。王国では差別される存在だ。

ある者は移民。ある者は孤児。ある者は獣人。ある者は──人ではなく『モノ』。

だから、リンスター家とメイド長は私達を差別意識の薄いこの国に送ってくれた。

そして、私は──みんなと本当の『家族』になれたのだ。


「──……あは」


自然と笑みが零《こぼ》れ落ちた。こんな状況で自分の為《な》すべきことなんて、一つしかない。

目を閉じ、小さく、小さく、詠唱する。

「──『我、勇者にあらず。我、英雄にあらず。我、勇士にあらず』──」

半数の魔導兵が凄《すさ》まじい勢いで突進してくるのが分かる。メイド達は退こうとしない。

私は目を開け叫んだ。

「『なれど──……我、決して挫《くじ》けず、死しても斃《たお》れぬ者なりっ！！！！』」

「っ⁉」『！』

ラガトとメイド達全員が目を見開く中、漆黒の魔力を纏《まと》いながら私は四体の魔導兵達に襲いかかり――一瞬で胴体を両断した。

「シ、シンディ、様？」「黒髪……？」「その魔力は……」「お、お姉、ちゃん？」

みんなの戸惑いを感じながら、私は硝子《ガラス》の欠片《かけら》に映る自分の姿を見た。

――腰まで伸びた黒髪。両手の甲には真紅の『剣』と『槍』。

私は黒の魔力で覆われ、変容していく双短剣を降ろしながら、淡々と命令。

「貴女達は急いで後退して。殿は席次が高い者の特権です」

「そ、そんなっ！」「御断りしますっ」「私達も一緒にっ‼」「シンディお姉ちゃんっ！」

外見が変わった私を怖がりもせず、みんなが背中に抱き着いて来る。

胸がいっぱいになり、視界が涙で曇ってしまう。私は幸せ者だ。

振り向かず、私は右手の黒槍を真横に掲げた。

「……ありがとう……本当にありがとう。こんな私の……人じゃなく、『モノ』だった私の為に泣いてくれて……私を………みんなの家族にしてくれて。ごめんね。サキちゃんに謝っておいてくれる？　行って！」

『…………っ！』

歯を食い縛る音がし、背中の温かさがなくなり——みんなが走っていく。

魔導《まどう》兵に囲まれながら、油断なく私を観察していたラガトへ短剣を向ける。

「リンスター公爵家メイド隊第六席シンディです。かつては」

後方に新たな魔力反応が複数。正面から来た敵だろう。

「連邦軍機密番号——『降魔兵《こうまへい》』第一〇一三番と呼ばれていました」

怖い者知らずとして知られる、異端審問官が後退《あとずさ》り。

「連邦の最も仄暗《ほのぐら》い……『魔王』再現実験の生存者だとっ⁉」

両断した魔導兵達の内、即死を免《まぬが》れた二体が黒灰の光を瞬《また》かせつつ、死体を魔力で喰らって復活していく。

この能力、吸血鬼に似ている？

「だ、だが、六体の魔導兵には勝てぬ。諦めろっ！」

「……諦める？　的外れですねっ！」

黒剣黒槍を逆手持ちにし、魔力を全開。

身体が軋《きし》み悲鳴をあげるが、気にもならない。顔を引き攣《つ》らせているラガトへ宣告。

「私に『シンディ』という名前と、人の心と、笑顔と、居場所を与えてくれたリンスター公爵家の皆様、メイド長や副メイド長、メイドのみんな、世界でたった一人の妹……」

サキちゃん、怒るよね？　でも、私はきっと何度だって、こうすると思うの。

だって――

「私達、『姓無し』が生きている闇夜の如《ごと》き世界を、何時の日か必ず照らして下さるだろう新しき『流星』のアレン様の為、お相手致します。此処《ここ》は決して通しませんっ！」

＊

ニコロ君とトゥーナさんを先へ行かせた僕は屋敷《やしき》の中に、魔法の罠《わな》を仕掛けながら内庭に面する回廊を駆けていた。

通信を途切れ途切れに聞く限り、既に味方本隊は僕達の使っていた部屋にある秘密階段から地下水路へ降り、獣人族達のゴンドラも迎えに来てくれているようだ。

後は、僕と未《いま》だ戦闘中のシンディさん達が無事に後退出来れば――

「アレン様」「ケレブリンさん？」

窓から大鎌を持った美人メイドさんが飛び込んで来たので、急停止。

表情を見て悟る――ただ事じゃない。端的な報告。

「シンディが単独で殿を。現在は中央広場で戦闘中のようでございます」

「っ！」

道理で追撃が僕の所へ来ないわけだ。

さっき一声かけておけば……通信宝珠に呼びかける。

「皆さんはすぐに脱出を。シンディさんは僕とケレブリンさんで連れ戻します」

『アレン様！　いけませんっ‼　それでは……』

「サキさん、大丈夫ですよ。頼りになるメイドさんが手伝ってくださるそうなので」

「――お任せください、可愛い可愛い後輩を助けるのもメイドの嗜《たしな》みでございます」

『サキ、心配しないでいいわ。シンディをお願い』『アレン、強い♪』

ケレブリンさんとリディヤ、アトラも援護をしてくれる。

紅髪《あかがみ》の公女殿下の魔力は『私も行きたいんだけど？』という強い拗《す》ねを発しているけれど、口にはすまい。

ほんの僅かな沈黙の後、サキさんとメイドさん達の震える声が耳朶《じだ》を打った。

『……アレン様。このような物言い、メイドとして失格なのですが…………どうか、どうかっ、私の世界で一人しかない妹を…………たすけて、ください…………』

『……お願い致します……！』

魔杖《まじょう》を握り締め、応じる。

「任せてください。後で必ず落ち合いましょう！」

ケレブリンさんと共に廊下を駆けに駆けると——僕とリディヤが使っていた部屋近くの広間が見えて来た。

灰色ローブを鮮血に染めた異端審問官達と魔導兵数体が地に伏し、大理石の床と壁、窓を大きく破壊し炎上。折れた長槍《ながやり》や戦斧《せんぷ》、騎士剣《きしけん》が周囲に突き刺さっている。

炎の中、立っている敵は蒼褪《あおざ》めたラガト。無傷の魔導兵は二体のみ。

トニ・ソレビノの前には長い黒髪のメイドさんが荒く息を吐いている。

シンディさん？　髪色が変わって？？

魔法生物の小鳥を先行させると、トニの声が聞こえてきた。

『単独での奮戦。称賛に値する。量産型魔導兵がここまで倒されるとは……魔王の力、恐るべきものだ。が、もう限界であろう？　殺《や》れ』

裏切った老家宰が血に濡《ぬ》れた剣を掲げ、二体の魔導兵に命じた。

傷だらけのシンディさんは双短剣を振るおうとするも、

『きゃっ！』

戦斧の一撃の衝撃を受け吹き飛ばされ、瓦礫《がれき》にぶつかり止まった。

もう一体の魔導兵が止《とど》めを刺すべく、前進していく。

僕とケレブリンさんは炎の広場へ突入。

「ほぉ……珍しきモノを持ち込みましたね」

大鎌が死の弧を描いた。

ケレブリンさんの恐るべき一撃は魔導兵を頭から真っ二つにし、返す刃《やいば》で十字の肉塊に変えた。黒灰の光が瞬《また》き再生を試みるも――自壊し灰になっていく。

魔導兵の魔法式に『光盾《こうじゅん》』がなく、『蘇生《そせい》』の残滓《ざんし》だけ。量産型、か。

半瞬でそこまで考えながら、残り一体の魔導兵へ氷属性初級魔法『氷神蔦《ひょうじんちょう》』を発動。

戦斧を凍結させ、その隙に魔杖に展開させた雷刃《らいじん》で関節を突く。

即座に炎属性中級魔法『炎神槍《えんじんそう》』を零距離解放。相手の動きが停止する。

――再び大鎌による強制的な死。

金属音と気持ち悪い匂いを放ちながら魔導兵が地に伏し、兜《かぶと》が外れた。

髪は抜け、目の一つは白濁。口から覗《のぞ》く牙は長く明らかに……人ではない。

先程のトニの言葉――『魔王の力』。

そして、シンディさんが単独で魔導兵相手に見せた奮戦ぶり。

……聖霊教は魔導兵の中身を、人から人造的な吸血鬼へと変更した⁉

導き出した結論に暗然としつつも意識を切り替え、美人メイドさんを称賛する。

「御見事です、ケレブリンさん」

「ふふふ♪　児戯でございます」

僕は呆然《ぼうぜん》としている黒髪メイドさんへ、光属性中級魔法『光神快癒《こうじんかいゆ》』を多重発動。

血塗《ちまみ》れのシンディさんが心底不思議そうに名前を呼んだ。

「アレン、様……？」

「良かった、間に合いましたね」

全ての魔導兵を喪《うしな》ったラガトは状況について行けず狼狽《ろうばい》。

そんな中でも、トニはケレブリンさんだけを見ている。

決死の殿を行っていたシンディさんが、僕を責めたててきた。

「ど、どうして……何で来たんですかっ⁉　私の命なんて、貴方《あなた》様方の命と比べれば、塵《ちり》芥《あくた》も同然。捨て置いてくれて構わなかったのにっ……」

「サキさん達が泣かれていましたし、リディヤにも頼まれたので」

「……え？」

膝を曲げ、乳白髪に戻っていくメイドさんと目を合わせる。

「シンディさん、僕も貴女《あなた》をどうこう言える立場じゃありません。東都で両親と妹、多くの人を泣かせてしまっています。リディヤや妹、教え子達に叱られてばかりです」

この人と僕は似ている。

――自分よりも周囲の人間を助けたい。だって、自分にそこまでの価値はないから。

「でも、だからこそ――断言します。泣いてくれる人が傍《そば》にいる貴女を、こんな所で死なせてなんかあげません。貴女の御姉さんと約束もしましたしね」

「……アレン、さま……」

シンディさんが俯《うつむ》き身体《からだ》を震わせ、嗚咽《おえつ》を零《こぼ》した。

ボロボロのメイド服で涙を拭い、立ち上がる。

――そこにいたのは何時《いつ》ものリンスター公爵家メイド隊第六席。

「ありがとうございまーす！　でも、姉は私です☆　御味方していただけますか？」

「……黙秘権を行使します。さて」「はい！」

僕達は、戦意を漲《みなぎ》らせている老家宰と相対した。

「来たな、『首狩り』っ！　今宵《こよい》こそ――我が右手の借りと恥辱を返さんっ‼」

トニの瞳は復讐《ふくしゅう》の悦《よろこ》びで染まってしまっている。

……ニコロ君とトゥーナさんには見せられないな。ニケにも。

けれど、大鎌を肩に置き、褐色肌の美人メイドさんは不思議そうな顔になった。

「…………はて？　どなた様でございましょうや？」

「なっ！　ま、まさか……私を、トニ・ソレビノを覚えていない、とっ⁉」

王立学校時代のゼルを思い出してしまい、心が痛くなる。

親友もかつて恋人に、生涯を懸けて救おうとした相手に忘れ去られていた。

ケレブリンさんが、大鎌で地面を抉《えぐ》った。

「ソレビノ…………ああ！　エトナの侯都で刃を合わせた殿方でございますね？　お久しぶりでございます。何分、多くの殿方と数多《あまた》の戦場で会っております故」

「っ！　……まぁ良い。お前を打ち倒し、私は長きに亘《わた》る悪夢を終わらせよう」

顔面を真っ赤に染め上げた老家宰が、ラガトへ指示を出す。

「貴殿は退かれよ。我が籠手《こて》の力を解放すれば間違いなく巻き込む。既に、ニコロ・ニッティは脱出したのだろう。双竜の封止結界解呪を行われているイーディス殿と、魔導兵を送り込んで下さったあの御方にも状況をお伝えする必要がある」

「……分かった。後は任せる。必ず皆殺しにせよ」

「言われずとも」

双竜の封止結界だって？　そんなものが水都にあるのか？？

ラガトが鎖を上空に放ち脱出すると、トニは剣を鞘《さや》へ納め、右腕を突き出した。

「聖霊教大司祭より賜りし我が義手には、三種の大魔法の力が込められている。如何《いか》に、貴様等が強大な存在であったとしても──」

爆発的に魔力が増大し黒灰の光が生きているかのように、蠢《うごめ》き始めた。

「我が命を費やせば牙は届き得よう。いくぞ、『首狩り』っ！！！！！」

トニが今や、巨人の如く肥大化した腕をケレブリンさん目掛け、振り下ろした。

三方に跳ぶと無数の腐臭を放つ蛇が生まれ、襲ってくる。

乳白髪のメイドさんが双短剣を煌《きら》めかせ叩《たた》き切り、驚く。

「こ、この蛇、液体ですっ！　斬っても再生しますっ‼」

「『石蛇《せきへび》』と『蘇生』の残滓です。もう一種は──『侯王』に伝わっていたという水属性大魔法『水崩《すいほう》』でしょう。誰から回収したのか、気になりますね」

僕は論評しつつ土属性初級魔法『土神壁《どじんへき》』を多重発動。

土壁の上にひらり、と降り立ちながら、ケレブリンさんが楽しそうに聞いてきた。

「アレン様、如何《いかが》なさいますか？」「そうですねぇ」

「お、御二人共、す、少しは危機感をですね」

蛇の群れが土壁を貫通し襲い掛かって来たので、僕は魔杖を振った。

対『蘇生』阻害魔法と氷属性初級魔法『氷神鏡《ひょうじんきょう》』で受け止め、もう一つの魔法も発動。

氷鏡を突破し飛び掛かって来る蛇を躱《かわ》しながら、トニへ『光神弾《こうじんだん》』を速射する。

すると、老家宰の右腕が盛り上がり、全魔法中最速の域にある光弾を受け止め、唇を愉悦に歪《ゆが》めた。身体の半分も黒灰の液体に飲み込まれている。

氷属性初級魔法『氷神波《ひょうじんは》』を放ち、蛇の群れを凍結させながら、即断。

「やはり、叩くべきは本体の義手でしょうね」

「御卓見でございます。では、シンディ——参りましょうか」

「うぇ⁉ わ、私もですかーっ？ ボ、ボロボロなんですけど……」

「メイドの務めです。連邦の暗部などよりも、厳しいのは実感していると思いますが？」

ケレブリンさんの指摘を受け、シンディさんが視線を彷徨《さまよ》わせ、頭を抱えた。

「嗚呼《ああ》……今、『確かに』と思っちゃいましたぁぁぁ～！」

態度とは裏腹にとても嬉《うれ》しそうだ。

僕も笑みを浮かべ、二人のメイドさんへ指示を出した。

「援護は請け負います。真っすぐ進んでください」

「――了解っ！」

「来るか、『首狩り』ぃぃぃぃぃ！！！！！！！！！！！！」

三つの大魔法の残滓に飲み込まれつつあるトニが歓喜し、更に魔力を増大させた。

蛇達が集結し、三頭の大水蛇を形成。

見た目とは裏腹に、機敏な動きで二人へ迫り――

「なっ⁉」

先程『土神沼』で準備しておいた床を崩し、落下させる。

大穴へ改良『火焔鳥《かえんちょう》』を躊躇《ちゅうちょ》なく叩きこみ、浄化。

同時に植物魔法も発動。メイドさん達の足場として無数の枝を張り巡らす。

「アレン様って、ほんとに凄過《すご》ぎませんかーっ⁉」

「以前よりも、更に努力されておられるようで。大奥様がお喜びになられます」

シンディさんが驚き、ケレブリンさんも枝の上を楽し気に疾走していく。

ぶくぶくと膨れ上がった老家宰が絶叫。

「わたしを、なめるなぁぁぁ！！！！！！！！！！！！」

巨大な右腕を掲げ、全力で振り下ろしてくる。

『させません』

ケレブリンさんが前髪に着けている通信宝珠から、サキさんの固い決意。

天井の炎を突き破り、黒い巨鳥が急降下！

右腕に体当たりし、体勢を崩させる。

「っ⁉」

トニは衝撃に耐えきれず身体を傾け、無様に倒れた。

そこへ大鎌を両手で持ち高々掲げた、美人メイドさんが容赦なく襲い掛かる。

「ぐが……ま、負けぬ、わたしは、負けぬぞぉぉぉ！！！！！！！」

右腕自体が大蛇と化し、ケレブリンさんを飲み込もうと鎌首を持ち上げた。

——幾度目かの死の斬撃。

蛇の頭と炎ごと、屋敷《やしき》の柱、壁をも叩き切る。

分かれた蛇は再生を試みるも、無様に灰となっていく。

着地したケレブリンさんが大鎌の刃を返した。

「私の鎌は特別製。斬った相手の魔法を阻害致します。シンディ？」

「もらい、ましたぁぁぁぁ！！！！！！！！！！」

長い乳白髪を靡《なび》かせたメイドさんが残る右腕に右手の短剣を全力で振り下ろす。

——激しい金属音。

「⁉」「舐《な》めるなっ！　小娘っ‼」

トニは古い剣を抜き放ち完璧に受け止めていた。

……この人がまともに僕達と戦っていたのなら、苦戦していたな。

物悲しい気持ちになりながら僕は魔杖《まじょう》の石突きを打ち、魔法を発動。

「シンディさん、そのままでっ！」「はいっ！　アレン様っ‼」

「こ、これは……わ、我が力がっ⁉」

トニを囲むように氷霧が覆った。

右手の蛇が崩れ自壊。籠手が露《あら》わになり凍結していく。

——『銀氷《ぎんひょう》』を用い、改良した二属性浄化魔法『清浄雪光《せいじょうせっこう》』。

その隙を見逃さず、シンディさんは左の短剣に魔力を注ぎ込む。

刃が伸び、鋭さも瞬間増幅。

「はぁぁぁぁぁ！！！！！！！！！！！！！！！！」

「！？！！」

——鈍い音の後、短剣が黒い籠手を、大鎌が剣を断ち切った。

地面に転がりながら蘇生《そせい》を試みる籠手へ僕は『火焔鳥』を結界内発動。

業火《ごうか》の中で蛇はのたうち回り――完全に消える。

「や、やりました！　あ」

転びそうになったシンディさんを、黒鳥が受け止め「……サキちゃん、過保護……」顔を埋《うず》めた。僕はホッとし、二人に向けて杖《つえ》を振る。

「状況終了です。退きましょう」「はい、アレン様」「……はーい」

撤退しようとする僕達に対し、右腕を押さえながらトニが悲痛に叫びをあげた。

「ま、待てっ！『首狩り』っ‼　今度こそ――……その異名通りにせよっ‼」

つまり――『命を断て』。

ケレブリンさんが大鎌を虚空《こくう》へと仕舞い、吹雪の如《ごと》き口調で断罪した。

「御断り致します。復讐に酔い、マガイモノの力に頼った殿方に興味を一切抱けませぬ」

「………っっっっ⁉　わ、私、私はっ！　…………私は…………」

老家宰の顔が白くなり身体を屈《かが》め、炎の中、声なき嗚咽を零し始める。

トゥーナさんへ『逃げろ』と告げたり、会話の端々で情報を漏らしていたのは、良心の呵責《かしゃく》があったからなのか。今となっては分からない。……それでも、信じたい。

小鳥が肩に止まった。二人へ告げる。

「カーニエンの兵が近づいているようです。急ぎましょう」

サキさんの小鳥に案内され、迷宮の如き廃墟《はいきょ》街を僕達が抜けると、朝陽《あさひ》に煌めく水都の光景が目に飛び込んで来た。

『千年の都』――その異名に相応《ふさわ》しい絶景に、息を呑《の》む。

古い水路に張り出した枝の上で見入っていると、下から声がした。

「アレン様！　ケレブリン様！　シンディっ！！！！」

ゴンドラの上で、サキさんが大きく手を振っている。

すやすやなアトラを撫《な》でているリディヤへ、左手を挙げて合図。

次いで、僕は魔杖で先の岸を指し示す。

先頭のゴンドラを操っている獺《かわうそ》族の少女――スズさんが櫂《かい》で応えてきた。

僕達も移動し待っていると、

「シンディっ！！！！」『シンディ様っ！！！！』

メイド服が水に濡《ぬ》れるのも厭《いと》わず、サキさんとメイドさん達が浅い岸辺に次々と飛び込み、髪色こそ戻ったものの長さはそのままのシンディさんに抱き着いた。

「サ、サキちゃん、みんな、苦しいよ？」

「……バカ。バカバカ。本当にバカなんだから……」

「……うん、ごめんなさい」

メイドさん達も第六席の二人の姿に啜《すす》り泣く。

ケレブリンさんは逆にゴンドラへ一切の重さを感じさせずに戻り、「はぅ！　ア、アトラ御嬢《おじょう》様の寝顔……あ、愛らしいです……」と籠を覗《のぞ》き込んでいる。ブレない人だな。

サキさんが顔を上げ、頭を振った。

「いいえ、許しません。罰として――」

「ば、罰として？」

慄《おのの》くシンディさん。ちょっと面白い。

「私が『姉』で、貴女《あなた》が『妹』です。いいですね？」

「！　ど、どうして、知って……あ」

シンディさんが僕とケレブリンさんを見た。肩を竦《すく》める。

「いや、ほら？　通信宝珠って、案外と消しそびれますよね？」

「！　リディヤ御嬢様、この御方、ズルいと思うんですけど!?」

「諦めなさい。会った時からそうだったわ」

口を開いたリディヤは淡々とシンディの訴えを却下。

ゴンドラが岸につくと立ち上がり、手を伸ばすと胸に飛び込んで来た。

「……バカ。バカバカ。遅いのよ……」

不安にさせてしまったらしい。

リディヤを抱き締めながら。まだまだ続くメイドさん達のやり取りを眺めていると——

ゼルを思い出した。

僕は今日、シンディさんを救った。

あの時のゼルは、一人で吸血姫相手に殿《しんがり》を引き受けた親友は、僕に救ってほしかったんだろうか。恨んで……いるんじゃないだろうか。

左隣のリディヤが小さく嘆息。

「……ばーか」

手を伸ばし、僕の髪についた葉っぱや枝を落としながら励ましてくれる。

「あの腐れ半吸血鬼は、ゼルベルト・レニエは、あんたを絶対に恨んでなんていないわ。むしろ感謝していた。心から、心から、感謝し、本懐を遂げて——逝《い》った。そうでしょ？」

「…………リディヤ」

指を突きつけ、僕の額を押してきた。朝陽の中で輝く笑み。

「あんたの欠点よ。人に優し過ぎるのと自己評価が低すぎ！　もっと、自信を持ち
――……駄目。今の無し。忘れなさい」

「……………上げて落とすのは止《や》めてほしい」

「い・い・か・らっ！　……それ以上、カッコよくなられたら、絶対面倒だし。今も、変な指輪は貰《もら》ってくるわ、リリーに腕輪は着けられるわ、奥さんの私を置き去りにするわ……もうっ！　全部、あの小《ち》っちゃいのが発端なのよっ！　今度、会ったら折檻《せっかん》が必要かしらねぇ……」

「アハハ……」

　突然ティナへ敵意がいき、僕は乾いた笑いを零《こぼ》す他はない。

　――上空から羽ばたく音と風。

「ふんっ……生き延びたか」「……遅くなりました」

　ニケとパオロ・ソレビノを乗せた飛竜が二頭降りて来る。

「あ、兄上⁉」「パオロ様……」

　ゴンドラに乗っているニコロ君とトゥーナさんが顔を上げた。二人共、目が真っ赤だ。

　飛竜から降り、地面に着地したニケが感情のない顔で口を開く。

「……うちの残り二頭しかない飛竜だ。好きに使え」

「有難《ありがと》うございます。ケレブリンさん、これをティナ達に。メモはリリーさん用です。よ

りよい案があればステラに判断は一任します。ただし、体調不良が続いている場合は南都に留まるように、と伝えてください」

「ケレブリン、この紙もカレンにお願い」

「畏《かしこ》まりました」

ポケットから書簡の束とメモを取り出し、投げ渡すと美人メイドさんは片手で受け取り、寝ているアトラを優しく撫で跳躍。飛竜に騎乗した。……カレンへ何の紙片を？

「では、リディヤ御嬢様、アトラ御嬢様、アレン様、私は南都へと戻ります」

「ええ。御祖母《おばあ》様達によろしくね」「御無事で！」

「サキ、シンディ、皆——アレン様の言いつけを守りなさい」

『はいっ！』

メイドさん達が流れる動作で一礼。

飛竜が羽ばたき、フワリ、と浮かび——ケレブリンさんの視線がパオロさんへ。

「貴方《あなた》のお兄様はかつて勇士でした。ですが……願わくば、貴方は路《みち》を誤らないことを」

「…………御忠告、痛み入る」

老支配人は深々と頭を下げると、その背は小さく震えていた。

飛竜が高度を上げ、頭上で旋回。嘶《いなな》き北方へ向けて飛び去っていく。

闇曜日まで今日を含め四日。僕達に残された時間は少ない。

左腕にリディヤの体温を感じながら、獺族の少女と獣人族の漕《こ》ぎ手達へ御礼《おれい》を述べる。

「スズさん、皆さん、有難うございました。もう大丈夫です。僕等と一緒にいると狙われる危険性があるので、急いで此処《ここ》から――」

「あ、あの！」

獺族の少女が僕の言葉を遮ってきた。

「お爺《じい》ちゃんに言われたんです。『ニッティの隠れ家がバレたら、連れてこい』って。アレンさんは私達の『家族』です。獣人族は『家族』を見捨てません。ましてそれが――」

背筋だけでなく獣耳と尻尾までも伸ばしながら、決意を表明した。

「新しい『流星』様なら尚《なお》の事です。水都の獣人族は『流星』様に大恩があります」

！　僕の称号継承が認められたのを知って⁉

左肩にリディヤの頭。「……言ったでしょう？　過小評価なのよ……」

獺族の少女が胸に手をやった。他の漕ぎ手達も続く。

「来てください、『猫の小路《こみち》』に。水都の獣人族はアレンさんに御味方します！」

# 第4章

「おはよう、カルロッタ」

私──カーライル・カーニエンは豪奢《ごうしゃ》なベッドに横たわっている妻に話しかけた。

こうして見ると、幼い顔立ちをしている。

純白のカーテンを開けると、硝子《ガラス》張りの大きな窓からは穏やかな朝の陽光が差し込む。

窓の外には、妻が育て上げた庭を彩《いろど》る無数の花々と青薔薇。

二人で考え、時に喧嘩《けんか》を、多くの場合は笑いあいながら造り上げた……私が必ず取り戻さなければならぬ黄金の日々を思い出してしまい、胸に鋭い痛みが走る。

眼下には我が故郷、水都の風景。

水面を無数のゴンドラや艀《はしけ》が行きかい、戦時とは到底思えない。別宅は中央島に持とうと考えていたのだが、妻の『小鳥達が来やすいお庭を作りたいので、郊外の高台にしたいです』の言を受け入れて良かった。

ベッド脇へ戻って椅子に座り、目を細めカルロッタに提案する。

「そうだ。後で庭に出てみようか？」

——返答はない。

子供のように細くなってしまったカルロッタの手を握り、淡い水色の髪を手で梳《す》く。

「十三人委員会での講和案に対する評決は延期となった。この数日を得たのは——私達にとって勝利に等しい。また一歩、目的の達成に近づいたよ」

苦々しそうに私を睨《にら》んでいたニケ・ニッティの顔を思い出すと、大変愉快だ。

少しは『水竜の館』での借りを返せただろう。あの男がどんな論を持ち出しても『準備に時間が必要』と切り返すつもりだったが。

私はこの一年間、原因不明の病で眠り続けている妻の手を壊れ物のように包み込む。

「……もう少しだ。もう少しだけ待っていてくれ。必ずお前を起こしてみせる。私は、この目ではっきりと見たのだ。聖霊教の聖女が起こした奇跡を。事が成就《じょうじゅ》した暁には」

慎重なノックの音。私は『カーニエン侯』として、応じた。

「——入れ」

「失礼致します」

入って来たのは、カーライル侯爵家に長く仕えてくれていた総白髪の元執事だった。引退後は別宅の管理を頼んでいる。

「旦那様、ホロント侯がお越しです。お通ししても……？」

「通してくれ」

早朝から熱心なことだ。年上の親友の勤勉さに半ば呆《あき》れていると、礼服に身を包み、腰に騎士剣《きしけん》を提げた茶髪の偉丈夫――盟友のホッシ・ホロント侯爵が入って来た。

「すまんな。押しかけてしまった」

「気にするな。後で私の方から訪ねようと思っていたところだ」

窓の外に視線をやる。遥《はる》か先に妻の好きな大灯台が薄《う》っすらと見えた。

最新情報をホッシと共有する。

「昨晩の、ニッティへの嫌がらせはあの半妖精族の魔法士の見立て通り、戦術的に失敗したそうだ。我が家の兵がトニ・ソレビノは回収したが半死。異端審問官達もラガトの他は未帰還。だが……機密書庫は全焼させた。奴等《やつら》は新たな知識を得る術《すべ》を一つ喪《うしな》った」

聖霊教側の鬼札――『三日月』アリシア・コールフィールドは現在、水都にいない。

講和派であり、同時に南方戦役を生き残った古強者《ふるつわもの》である南部四侯の排除に動いている。

相手側に、噂《うわさ》以上の実力だった『剣姫《けんき》』と『剣姫の頭脳』が付いた以上、使徒七位のイーディスがいても戦力的には劣勢。

――だが、『聖女』は全てを見通している。

恐るべき実力を持つ上位使徒を、増援として水都へ送り込んできたのだ。

よもや、単独で水都一帯の魔法通信妨害を成し遂げるとは思わなかったが……。

「加えて――ニコロ・ニッティを外へ放り出せた。実質、我等《われら》の勝利だ。水都の廃墟《はいきょ》街は半ば迷宮で容易に捕捉は出来ないからな。厄介な『剣姫』と『剣姫の頭脳』とて、南方の『掃除』を担当している『三日月』が戻れば対処は可能となる」

「イーディスも同じ意見を述べていた。ただ……リンスターが動きそうだ。狙いは」

「『七塔要塞《しちとうようさい》』だろう。あそこが落ちればアトラスの侯都も落ちる。そうなれば、奴等のグリフォンは水都まで往復可能となり、兵員を送り込めるようになる。力攻めはしないと思ったのだが……『緋天《ひてん》』恐るべし。大陸屈指の名将は果断だな」

『三日月』は規格外の怪物であり、あの半妖精族の魔法士も大陸級。

使徒も異端審問官達も練達の者達だ。

それでも、リンスター公爵家、更には他公爵家の戦力が振り向けられれば、数で圧倒されるだろう。

後数日……次の闇曜日まででいい。奴等を喰《く》い止めねば。

ホッシが難しい顔になる。

「……アトラスへ増援を送るのか？」

「リンスター相手に生半可な兵を送っても贄《にえ》となる。老ロンドイロの判断は正しい」

戦前、会議上でやりあった老英傑を想《おも》う。あの御方とは膝詰めで話をしたかった。

私は断を下す。

「仕方あるまい。戦力的には痛いが、我が家の最精鋭を」

「――その必要はない」

「「！」」

黒花《こっか》の凶風が部屋に吹き荒れ、私は咄嗟《とっさ》に妻を守り、ホッシが騎士剣を抜き放つ。

咲き誇っていた庭の花々が枯れていき――黒き花形の魔法陣から、一人の小柄な半妖精族の魔法士が姿を現した。

美しい白髪に華奢《きゃしゃ》な肢体と金の瞳。

純白のローブを纏《まと》い、頭に被《かぶ》っている白の魔女帽子には黒き八片の花飾り。手には見たことがない金属の長杖《ちょうじょう》を持っている。

聖女もう一枚の『鬼札』——使徒次席『黒花』イオ・ロックフィールド。

畜生。最大級の警戒態勢でも感知出来ないのか。

私は戦慄を覚えながらも、魔法士に問うた。

「……使徒殿、今の御言葉は如何《いか》なる意味で？」

「そのままの意味だ。ほぉ……それが、哀れな哀れなお前の妻か」

使徒の姿が掻《か》き消え、気付いた時にはベッドに腰かけ妻を見下ろしていた。

激高しそうになるのを、理性を総動員して抑え込む。

「……っ。御戯《おたわむ》れが過ぎるのではありませんか……？」

「ん？　ああ、すまぬすまぬ。侮蔑するつもりはないのだ、カーライル・カーニエン。お前の生き方には多少の憐憫《れんびん》と僅かな尊敬を覚えている」

「…………ホッシ」「あ、ああ」

親友が騎士剣を納める音が響いた。

使徒は空中に浮かび上がり、決定事項を伝えてくる。

「面倒なリンスターは私が止めよう。『忌《い》み子』と『欠陥品の鍵』は、『三日月』の獲物。お前手を出すのを禁じられていてな——聖女の預言に瑕疵《かし》はない。全て織り込み済みだ。お前達は闇曜日までに『礎石』へ捧《ささ》げる『侯王の贄』を用意せよ。さすれば」

黒花混じりの凶風が吹き荒れ、カルロッタの美しい髪を乱した。憤怒《ふんぬ》が湧き上がる。

そんなことを気にも留めない使徒の冷たい宣告。

「お前の妻も助かろう。私が水都へ戻るまでに成果を挙げておけ」

再び黒き花の魔法陣が出現し——使徒の姿は掻き消えた。

私はカルロッタの髪を手櫛《てぐし》で直し、精神を鎮《しず》める。成果、か。

ホッシが踵《きびす》を返した。

「屋敷《やしき》に戻り、兵の動員計画を急ぎ練り直す」

「……頼む。私もベイゼル侯国を動かす」

頼りになる男だ。心からそう思う。

入り口の前でホッシが静かに私の名前を呼んだ。

「カーライル。死に急ぐなよ？　そんなことを……細君は望んでなぞおらん」

「分かっているさ。死ぬつもりはない」

「………」

扉が開き、ホッシは部屋を出て行った。

私は最愛の妻の温かい頬に触れる。

「ああ、死ぬつもりはないとも。お前を目覚めさせるまでは。その為《ため》ならば……」

カーライルの家も、親友も、侯国連合も、水都も、何もかもを犠牲としよう。

——無論、私の命も。

突風が硝子にぶつかり、まるで私を咎《とが》めるように音を立てた。

＊

「えっ！　水都の状況が分かったんですかっ⁉　エマさん！」

「はい、ステラ御嬢様《おじょうさま》。……多少、ではありますが」

南方島嶼《とうしょ》諸国出身と聞いた、黒茶髪で褐色肌のメイドさんが頷《うなず》かれた。

私は待望の報告に腰を浮かせ——椅子に身体《からだ》を預ける。

窓の外には欠けつつある月と尾を引く彗星。

部屋にいるのは、入浴を終え寝間着に着替えて寛《くつろ》いでいた私とカレンだけ。ティナ達は書庫に文献を探しに行ってしまった。

フェリシアとサリーは作成を頼んでおいた『七塔要塞』の詳細地図を受け取りに行って、

リリーさんは簡易キッチンで「美味《おい》しくなってくださいね～♪」と、調子の外れた歌を歌いながら紅茶を淹《い》れてくれている。

ベッドに座っているカレンの獣耳が、一言も聞き漏らすまい、と大きくなった。

私は目でエマさんに先を促す。

「前線で傍受を行っておられるサーシャ御嬢様から、緊急通信筒が先程届きました。沈黙していた水都が魔法通信を一部再開。サイクス伯の付言によれば、『妨害者が単独の魔法士から、複数に変わった』と」

「……妨害者が変わった？　しかも、今までは単独？　そんな……信じられません」

蒼翠《そうすい》グリフォンの羽根を胸に押し付ける。狼《おおかみ》族の少女が静かに尋ねた。

「兄さんとリディヤさんの状況は」

「残念ながら未《ま》だ。水都内で講和派と交戦派が衝突し、有名なホテルや広場が崩壊。以後は睨み合っているようです。また、連合統領が南都へ交渉の為、直接出向いて来られる話も当面の間延期と。政情不安定を理由にしているようです」

「そう、ですか……」

「カレン」

私は自然と親友の隣へ移動し、抱きしめた。

両手を握り締め、精一杯励ます。

「大丈夫よ！　だって、『剣姫の頭脳』と『剣姫』なのよ？　今頃は御二人で――……」

あ、駄目よ、ステラ。想像をしちゃ。

――日傘を持ち白のワンピースを着たリディヤさんが、ただただ幸せそうにアレン様と腕を絡《から》め、美しい水都を歩く姿。

抑えきれない嫉妬が湧き上がり、言葉に詰まった私の額を親友は指で打つ。

「こーら」「あぅ！」

思ったよりも痛くて額に手をやると、カレンが片目を瞑《つぶ》った。

「励ますなら最後までしてくれない？　でも――ありがとう。そうね、兄さんとリディヤさんだものね。アトラも一緒だし」

「……ええ」

手を外し赤面する。あの可愛《かわい》らしい大精霊も一緒なのに、私ったら……。

カレンに頬《ほ》っぺたを突《つつ》かれていると、扉が勢いよく開いた。

「戻りましたっ！」「た、ただいま、です」「……はぁ、まったく」

分厚い文献を手に持ったティナ、エリー、リィネさんが帰って来た。三人共、寝間着にケープを羽織っている。入れ替わるように、「失礼致します」と自然な動作で頭を下げ、エマさんが部屋を出た。フェリシアを迎えに行ったのだろう。

リリーさんが顔を出し「ん～？　紅茶を足す必要がありますね～☆」と嬉《うれ》しそうにされながら戻り、私とカレンは妹達を出迎える。

「おかえりなさい」「また、随分分厚い本を借りてきましたね」

「はい♪」

ティナが前髪を揺らしながら表紙を見せてくれる。

アトラス侯都周辺における、海洋に関する逸話を纏めたものだ。

「御姉様と話していたら、調べたくなったので。楽しみです♪」

「えとえと……わ、私、リリーさんのお手伝いをしてきますぅ」

「首席様は人使いが荒いです。夜中までかかるかと思いました」

エリーが簡易キッチンへ向かい、リィネさんは硝子《ガラス》のグラスに冷水を注いでいく。

妹は文献をテーブルに載せ、飛び込むように赤髪少女の隣へ。

仲良しなのが分かって、心が温まる。ティナにも親友が出来たのだ。

「次席さんは大袈裟《おおげさ》――あれ？　フェリシアさんはまだお風呂《ふろ》ですか？」

「サリーと一緒に、例の地図を取りに行っているわ。もうすぐ戻って来ると――」

「リ、リィネ御嬢様！」

ノックも無しに扉が開き、輝く茶髪を二つ結びにしたメイド見習いのシーダさんが飛び込んで来た。胸には月神教の印が揺れている。

リィネさんが目を瞬《しばた》かせ、グラスを差し出す。

「そんなに慌ててどうしたのよ、シーダ。落ち着いて。はい、お水」

「あ、ありがとうございます――ぷはぁ。美味しいです」

シーダさんが、印を握り締め報告をしてくれる。

「水都より、ケレブリン・ケイノス様が帰還なさいましたっ！　アレン様の書簡を」

「お話し中のところ、失礼致します」

極々淡く長い紅髪《あかがみ》に銀飾り、褐色肌が綺麗《きれい》な長身のメイドが遅れて入って来た。

「！　ケレブリン、無事なの⁉」

リィネさんが字義通り飛び上がり、駆け寄り抱き着く。

「まぁ、リィネ御嬢様。大丈夫でございますよ。ただいま戻りました」

ケレブリンさんは赤髪の公女殿下へ慈愛溢《あふ》れる視線を落としながら、私達へ会釈《えしゃく》。

ティナとカレンが驚き、私は口元を押さえる。水都から戻った？　じゃあ。

簡易キッチンからトレイを持ち、エリーとリリーさんが出て来た。

紅髪のメイドさんは目をパチクリさせ、「あれ～？　ケレブリン、戻ったんですかぁ」

室内の緊張が緩和され、私達も肩の力が抜けた。

長身メイドさんが、懐《ふところ》から数通の書簡を取り出す。

「今朝方、ニッティの飛竜で水都を出立致しまして――最速記録更新です」

『!』「お～。御母様が嬉しがりそうですね～☆」

私達は絶句し、リリーさんはのほほんと評された。

『ニッティ』――確か侯国連合の名家の一つで、現当主は副統領を務めている筈《はず》。

ケレブリンさんは他国の飛竜を使い水都から南都までをこんな短時間で？ 神業だ。

「御嬢様方、此方《こちら》を」

驚きが収まらない私達へ、美人メイドさんは次々と書簡を手渡してきた。

受け取った瞬間――心臓がドクン、と跳ねる。おずおず、と質問。

「これは……？」

「アレン様からでございます」

「「「っ！」」」

ティナ、エリー、カレン、そして私は息を呑《の》む。

強い歓喜が身体を貫き、どうしたって頬が緩んでしまう。

破かないよう丁寧に開き、中身を速読。

私の体調に対する気遣いと、これは……私が考えていた要塞攻略案と同じ？

リィネさんが咳払《せきばら》いをされた。

「……こほん。ケレブリン。兄様の『とっておき』って、何時届くの？」

『？』

私達は顔を見合わせ、小首を傾《かし》げる。アレン様のとっておき？？

「先程確認しました所、既に王都を発《た》ち、明日早朝には到着するようでございます」

「！　そ、そう……なら、いいけど……な、何？　ティナ？　エリー？」

「……リィネ、顔が緩み過ぎです」「あぅあぅ……羨ましいでしゅ……」

ぱぁぁぁ、と表情を明るくしたリィネさんが、二人に詰め寄られ、じゃれ合い始めた。

紅茶を配りつつ、紅髪の年上メイドさんもしれっと聞かれる。

「私の分はないんですかぁ～？」

「ございません。メモのみ預かっております」

「……メモだけですかぁ」

不満を前面に出しつつ、リリーさんはメモを受け取り——分かり易《やす》く顔を綻ばせ、その場でクルクル回り、はしゃいだ。

「——……えへ☆　ふふふのふ～ですぅ～♪」

「リリーさん、アレン様は何と?」

努めて冷静に質問。落ち着くのよ、ステラ。貴女《あなた》も御手紙をいただいたでしょう?

ピタリ、と止まり、リリーさんが両手を合わせ満面の笑み。

「腕輪が役に立ったそうです——良かった。あと、新しい魔法式が」

『…………』「え、えと? っ、月神様、こ、こういう時はどうすれば……」

御二人の間にある確かな信頼を見せつけられ、私達は黙り込んだ。シーダさんは変わった空気に混乱し、あたふた。

ずるい。私だって、あの御方にもっと……いけない、いけないわ、ステラ。今の貴女がしなきゃいけないことをしないと。頬を軽く叩《たた》き、背筋を伸ばす。

「ケレブリンさん、アレン様は私の書簡の内容について、他に何か……?」

「『よりよい案があれば、ステラに判断は一任します。ただし、体調不良が続いている場合は南都に留まるように』と。随分と信頼を抱かれている御様子でした」

「——……っ。あ、ありがとう、ございます……………えへへ」

御礼《おれい》を言いながらも、私は耐え切れず書簡と蒼翠グリフォンの羽根を抱きかかえた。

——アレン様に信頼されている。

それだけで、たとえ世界が相手だとしても立ち向かえる。私は単純な女なのだ。

書簡を読み終え、獣耳と尻尾を大きくさせたカレンがケレブリンさんに向き直る。

「兄さん達が無事でホッとしました。で……これはいったい？」

親友がテーブルに宛名のない紙片を荒々しく叩きつけた。カップが音を立てる。

『！』「ひぅっ！」「……むむ～？」

私達とシーダさんは驚き、リリーさんも動きを止めた。

ケレブリンさんが予備のカップに自ら紅茶を注がれ、手に取る。

「御二人は、愛らしいアトラ御嬢《おじょう》様と水都を満喫しておいでです。少々厄介事に巻き込まれてもおいでですが。紙片の内容につきましては分かりかねます」

「………へぇ」

「何なんですか？」「カレン先生？」「カレンさん？」「見せてくれる？」

バチバチ、と紫電を飛ばしながら極寒の呟《つぶや》きを漏らし、獣耳と尻尾を逆立てた狼族の少女の傍《そば》へ私達は集まり、覗《のぞ》き込んだ。

テーブルに置かれていたのは、一見して高級だと分かる紙の切れ端。

ホテルで署名をするノートを切ったようだ。直筆で名前が書かれている。

『アレン・アルヴァーン』『リディヤ・アルヴァーン』

私達の間に重い沈黙。あのリリーさんまでもが不満そうにし、シーダさんは狼狽《うろた》える。

『…………』「ふ～ん……」「え、えと……あの……」

こ、これはいったい……ううん。落ち着いて。落ち着くのよ、ステラ。

別にアレン様とリディヤさんが、そういう事になった、という訳じゃないのだし。

何かしら理由があって、だから……………う～。アレン様のバカ………。

廊下を必死に駆ける音がし、髪を振り乱しながら、フェリシアも部屋へ飛び込んで来た。

「はぁはぁはぁ……ケ、ケレブリンさんが水都から、戻られたって——きゅう」

「「フェリシア御嬢様⁉」」

息切れを起こし倒れかかった少女を、エマさんとサリーが支える。

その様子を見ていた私達は顔を見合わせ、頷《うなず》き合った。

——この問題は棚上げ。

フェリシアが水を飲み、アレン様の手紙を、頰を膨らませながらも恥ずかしそうに読み終えたのを見届けた上で、私は話し始めた。

「今、アレン様達は水都で孤立しているわ。そして——時間がないみたいなの」

「兄さんの見立てだと、次の闇曜日に聖霊教の連中は水都で何かをしようとしている。間違いなく碌《ろく》でもないことをね」

カレンが後を引き取ってくれた。

二人のメイドさんに支えられ、椅子に腰かけたフェリシアが深刻な懸念《けねん》を表明。

「『七塔要塞《しちとうようさい》』を早急に陥落させて、水都へグリフォンを安全に送り込めるようにする必要があります。ただし、現状ではこれ以上、軍を侵攻させるのは困難です。占領地の皆さんを飢えさせるわけにはいきませんし、兵站《へいたん》線を整えるのにも時間がかかります」

リンスター公爵家と南方諸家の軍は精鋭無比。

けれど――兵站が維持出来なければ、戦場で幾ら勝っても意味がない。

エリーが、おずおずと手を挙げた。

「要塞の防御は凄《すご》く堅いんじゃ……？」

「確かにそうね」

もう一人の妹の言葉に私は首肯した。多大な犠牲は聖霊教の利となる。

私はエリーの頭を、ぽん。

「でも――私達が力を合わせれば、突破出来る。必ずね。だって、私達は『剣姫《けんき》の頭脳』の教え子なんだもの」

「ス、ステラお姉ちゃん……はい。頑張ります」

この子も、北都にいた時とは比べ物にならないくらい成長した。

文献を猛然と捲《めく》っている妹へ聞く。

「ティナ、例の件はどう？　分かった？」

「予測通りです！　年に二、三度しかない大潮は――明日、雷曜日の午後！」

……ギリギリだ。

作戦の素案についてはリーン様と、本営へ来られているリアム様、リュカ様にはお伝えしてあるけれど……間に合うだろうか。

「ステラ」「大丈夫！」

親友達が察して励ましてくれる。そうね。弱音を吐いてる場合じゃないわね。

ティナとエリー、リィネさんの瞳にも強い決意。そんな従妹《いとこ》をリリーさんが後ろから抱きしめている。

私はアレン様の書簡をみんなに見えるよう、テーブルへ。

**『七塔要塞攻略私案』**

ティナとリィネさんの前髪が立ち上がり、エリーとカレンも意気込む。

「アレン様が考案して下さった攻略案に私の案も合わせて説明します。その上で、忌憚《きたん》のない意見を。時間が惜しいわ、始めましょう!!」

＊

「皆、緊急の呼集にも拘《かかわ》らず、よく集まってくれた。リュカ・リンスターだ」

早朝のアトラス侯国侯都攻略軍本営に、総指揮官を務められる叔父《おじ》様の野太い声が響き、私は自然と真新しい紅と白の軍服のポケットに触れました。

諸将と、夜間のうちに南都から移動した私、ティナ、エリー、カレンさんの顔にも緊張が走る中、後ろで待機しているリリーが囁《ささや》いてきました。

「(リィネ御嬢様ぁ～外で待っていてもいいですかぁ？)」

「(駄目に決まっているでしょう？)」

この従姉《いとこ》、緊張感の欠片《かけら》もありませんね。

ティナとエリーなんて白の軍服とメイド服の袖を、カレンさんですら、リリーと色違いのロングスカートを握り締めているのに。

リュカ叔父様が宣言されます。

「用件は他でもない――……我等《われら》は今日、『七塔要塞』を陥落させる」

大天幕内にどよめきが起こります。

派手な紅の鎧《よろい》を身に纏《まと》ったトビアが勢いよく立ち上がりました。

「殿下、勇壮なお考えでありますっ！　ですが、強襲案は『緋天《ひてん》』様、リンスター公によって一度否決された、と記憶しております」

「トビアの申す通り。……やむにやまれぬ御事情が惹起《じゃっき》されたか？」

短身ながら、尋常じゃない太さの腕と脚を持ち、重鎧《じゅうがい》を身に着けた禿頭《とくとう》の男性——ソルゲイル・ユーグ侯爵も疑念を表明されました。叔父様が肯定。

「疑問は尤《もっと》も。しかし——水都で一大事あり！　そして、我が姪《めい》リディヤと狼《おおかみ》族のアレンがその渦中《かちゅう》の中心点にいる。ケレブリン」

水都より戻った美人メイドが恭《うやうや》しく頭を下げ、皆に最新情勢を報告してくれます。

「水都の政情は講和派と交戦派とに分断、内戦手前の状況にあります。聖霊教の暗躍も確認され、次の闇曜日までに動く模様です。アレン様によれば……事を放置すれば、大陸西方に悪《あ》しき影響を及ぼす可能性が大。忸怩《じくじ》たる思いなれど、要塞を落とす他無し、と」

再び本営内がどよめきました。

兄様の御名前を知らぬ者はいない為《ため》、そこについての疑念は誰も発しません。


『！』

近衛《この》騎士のライアンを臨時従者としている、ノーラン・ボル伯爵が重い口を開きました。

「……正面攻撃では犠牲が多過ぎます。臆したわけではありませぬ。我が軍に先陣をお命じください。血は我等が！」

「待っていただこうか。先陣は我が『紅備《あかぞな》え』と決まっている」

「我が重装甲歩兵が全軍の盾となろう。皆は後からゆるり、と来れば良い」

二伯爵と一侯爵に続き、全将が『我等に先陣を！』と叫びます。

ティナとエリー、リリーは平然としていますが、カレンさんは戸惑われているようです。

うちもハワードも、戦意がおかしいんですよね。

叔父様が左手を翳《かざ》されると、即座に鎮《しず》まり返ります。

「戦意旺盛、大変に結構っ！　だが、既に作戦案は決定している。カレン嬢」

緊張した面持ちで、王立学校副生徒会長は立ち上がりました。

「狼族ナタンとエリンの娘、カレンと申します。体調不良により、南都を動けぬステラ・ハワード公女殿下の名代として、御説明致します」

諸将が目を見開きました。「この名前……」「『西方単騎行』の勇士！」「話には聞いていたが……」カレンさんも随分と名前を上げられたようです。

恥ずかしそうにされながらも前へ進まれ、立体地図を指示棒で叩《たた》かれました。

「まず――力攻めは行いません。これは皆様の御懸念通り、犠牲が多大となる為です」

カレンさんが、私とリリーを見ました。

「先日、私とリィネ・リンスター公女殿下、メイドのリリーさんで要塞の威力偵察を行いました。城壁は三重。正門は何重もの耐炎結界で固め、『火焔鳥《かえんちょう》』でも突破は不可能。七つの尖塔《せんとう》による戦略結界も強大であり、守備兵は多数の魔銃を装備していました。グリフォンを用いた空中襲撃でも、犠牲は大きくなると考えられます」

「では、やはり」「ノーラン」

ボル伯爵を、叔父様は目線と手で制されました。説明が続きます。

「北側の大水壕《すいごう》を越えようにも城壁から攻撃を受ければ、作業困難となるのは明白。難攻不落の異名は妥当です」

三重城壁。強固な正門。戦略結界を発動させる七尖塔。四方を囲う海と河川と大水壕。

ここに長射程の魔銃兵が加われば、落とすのは困難極まるでしょう。

カレンさんが言葉を区切り、結論を提示されます。

「その為――第一撃で敵に大衝撃を与える必要があります」

私の隣に座っていたティナが立ち、スカートの両端を摘まんで優雅に挨拶しました。

こういう時は『公女殿下』なんですよね。前髪は高揚で渦巻いていますけど。

「ハワードが次女、ティナと申します。説明を補足させていただきます。エリー」

「は、はいっ」

エリーが左手を握り締めると、空間に日付と数値が表示されました。

突然の数字の羅列に歴戦の諸将は困惑して、ティナの言葉を待っています。

「これは要塞周辺の大潮を予測したものです。この日になると、西側城壁間際《まぎわ》まで水が到達すると考えられます。そして――北側の大水壕にも海水は引かれています」

虚を突かれ、諸将が動揺。「大潮だと？」「そのような数値、どうやって算出したのだ？」「いや……噂《うわさ》に聞く、ティナ公女殿下の異能ならば、あるいは」

カレンさんが自分の掌《てのひら》を指示棒で叩き、音を出しました。皆の視線を集中。

「予測によれば、本日午後が最も水位が高くなるようです。そこで」

正門前の大水壕対岸に、まず丸を描かれました。

「第一撃は、私の兄であるアレンが改良した氷魔属性極致魔法『氷雪狼《ひせつろう》』を用い、ティナ公女殿下が大水壕を凍結――『突撃路』を構築します。また、その際の制御補佐はリィネ・リンスター公女殿下とエリー・ウォーカー様に担当していただきます」

『っ！？！！』

奇策を示された諸将が呻《うめ》き、感嘆の声を漏らします。

『北方戦線で御父様達は氷を用いて路《みち》を作ったわ。南方で出来ないとは思えない』

昨晩の凛々《りり》しいステラ様はまるで『戦場の聖女様』のようでした。

カレンさんが指示棒を、今度は対岸から一直線に正門へ。

「第二撃は私が『雷の破砕槌《はさいづち》』となり正門を。同時に、ケレブリン様とリリーさんが孤立している最南端の尖塔を破壊。戦略結界を弱体化させます。正門突破後は、皆様の武勇にお頼みする次第です。なお、正門突破に使用する魔法も、兄が創案したものとなります」

「この案は昨日、ケレブリンが持ち帰ったアレンの書簡とほぼ同じ内容だ。複数尖塔の同時攻撃も提案されていたが……余程の猛者《もさ》でなければな。ベイゼル侯国にも動きがあり、母上と兄上はそちらにも対処せざるをえん」

リュカ叔父様が後を引き取られました。

籠城《ろうじょう》しているベイゼル侯国にも動きがある――水都の政情とも連動しているのでしょうが、御祖母《おばあ》様と御父様は歯噛《はが》みをされていそうです。

トビアとノーランが慎重に言葉を選びながら、疑問を発しました。

「……作戦内容は理解致しました」「……現実に可能なのでしょうか？」

自らの禿頭を撫《な》で回していたユーグ侯が手を机に置かれ、決意を示されます。

「守るべき子等を戦場に立たせるは、甚だ不本意であります。実現可能性にも疑念がある以上、殿下、どうか、我等に力攻めを御命令願いませぬか？」

「むう……ソルゲイル老までもそう仰られるのであれば」

「待って――」「問題ありません」

侯爵の言葉に逡巡《しゅんじゅん》され、力攻めに傾きかけた叔父様を私は止めようとし――後方から発せられた凛《りん》とした声に遮られます。

長く美しい紅髪《あかがみ》を靡《なび》かせた従姉が、カレンさんを守るように進み出ました。

普段とは全く異なる『リリー・リンスター』としての顔。

「全く問題ありません。ティナ・ハワード公女殿下は東都で存分の活躍を示されました。カレンさんはリディヤ御嬢《おじょう》様も御認めになられる程の武勇の持ち主。計測された正門の防御力を上回ることも今朝方の試射で確認済みです。何より――」

自信に満ち溢《あふ》れた表情。そこにあるのは絶対的な信頼です。

叔父様とトビアの眉が微《かす》かに動くのが視界を掠《かす》めました。

「アレン様が『出来る』と仰《おっしゃ》られているのです。何を躊躇《ためら》う必要がありましょう。あの御方はこうも書かれていました。『将兵が反対されるならば、別案を用いるに異存無し。心を合わせなければ早期攻略は不可能』と。そうではありませんか、副公爵殿下？」

「………その通りだ」

娘から直言を受けた叔父様が、顔を顰《しか》めながらも渋々同意されました。

リリーが決定的な指摘をします。

「仮に要塞を落とせず、水都で大変事が起きた場合……私達は魔獣『針海《しんかい》』の件に引き続き、またしてもアレン様とリディヤ御嬢様に全てを託すこととなります。それは、リンスター副公爵家並びに南方諸家にとって、末代までの恥辱ではありませんか？」

『…………』

大天幕内に沈黙が満ち――紅の鎧の猛将が机を拳で打ちました。

「委細承知っ！　我が『紅備え』に万事お任せあれっ！」「殿下、我がボル家に武名を挙げる機会を何卒《なにとぞ》……何卒っ！」「若造共。老人を立てよ。『ユーグの猛進』、見せてくれん」

流石《さすが》は我が家に列なる家々。切り替えが恐ろしく早いです。

叔父様も拳を握り締められました。

「皆、頼む。では、これにて作戦会議を――」

「会議中、御無礼仕《つかまつ》ります」

天幕の入り口から、黒髪眼鏡で褐色肌の美人副メイド長が入って来ました。

手には、細長い黒匣《くろばこ》を持っています。

「！　ロミー⁉」「ふ、副メイド長っ⁉」

私とリリーが声を上げます。王都にいたんじゃ――まさか。

ロミーが冷静さの中に、隠しきれない戦意を漲《みなぎ》らせながら会釈《えしゃく》をしました。

「リンスター公爵家副メイド長ロミー、帰還致しました。リィネ御嬢様、此方《こちら》を――」

恭しく頭を下げ、副メイド長が黒匣を差し出してきます。

――『とっておき』は王都から。

ぎこちなく立ち上がって受け取り――私は匣を開けました。

「きゃっ！」「ひゃんっ！」「これは……」『っ⁉』

炎の魔力が噴出し、ティナとエリーが悲鳴をあげ、カレンさんと皆が驚きます。

――匣の中に収められていたのは、深紅の短剣。

鞘《さや》にも無数の封が込められていてもなお、魔力を抑えきれていません。

ロミーの眼鏡の奥の瞳が私に向けられました。

「ジェラルド元王子が動乱直前の事件にて使用した『炎蛇《えんじゃ》』の短剣でございます。事件後は教授が管理されておりましたが――アレン様の強い進言によりお持ち致しました。王都へ行かれる前の時点で手紙を書かれていたようでございます」

「！　兄様が、私に……？」

まず歓喜。次いで――困惑、恐怖、重圧が襲い掛かり、酷《ひど》く混乱してしまいます。

副メイド長がスカートの裾を摘み、優雅な提案。

「作戦案につきましては承知しております。尖塔攻撃は、ケレブリン様、リリー、そして、私にお命じ下さい。天下の大要塞が誇る尖塔、見事粉砕して御覧に入れましょう」

「はぁ…………」

＊

作戦会議を終えて大天幕を出た私は要塞を望む北岸に立ち、溜《た》め息を零しました。

ティナの予測通り潮位が増し、城壁近くまで達しています。前方に見える尖塔や城壁に敵兵は見えません。攻撃出来る筈《はず》がない、と高を括《くく》っているのでしょう。

他のみんなは、それぞれ最終打ち合わせへ出向いています。

……でも、私は。

腰に提げた深紅の短剣に目をやり弱音を零します。

「兄様、リィネには……リィネには、とても…………」

触れてみたからこそ理解出来ました。

この短剣は私の手に余る恐るべき魔剣。使いこなせる気が全くしません。

「溜め息なんか吐《つ》いて。作戦開始前に縁起が悪いですよ？」

やって来たのは、ステラ様の蒼《あお》いリボンが結ばれた長杖《ちょうじょう》を持つティナでした。

私の前へと進んで背を向け、あっさりとこう提案してきます。

「自信がないなら、置いて行けばいいんじゃないですか？」

「っ！　あ、貴女《あなた》ねぇ……他人事《ひとごと》だと思って、簡単に――」

振り返ったティナの真剣な視線を受け止め切れず、項垂《うなだ》れ弱音を零します。

「……そうですよ。自信がないんです。だって、私はリィネ・リンスター。『剣姫《けんき》』じゃありません。こんなとんでもない代物をいきなり送りつけられても……困ります」

「ふ～ん……リィネは、先生が信じられない、と」

「!?　そ、そんなことあり得ませんっ！　兄様は、私をきちんと見て下さった方なんです。『リィネ・リンスター』じゃなく、一人の『リィネ』として！　だから――……」

あんまりな言い草に怒りがこみ上げてきて、叫び――気づきました。

そうです。

兄様は初めて会ったあの夏の日から、私をきちんと見てくれていました。

耳元で『……お互い、リディヤには苦労させられるね』なんて笑われながら。

その人が――姉様じゃなく、私にこの短剣を託した。

薄蒼髪の公女殿下が微笑《ほほえ》んできます。

「答え、出ているじゃないですか？　……私だってそうですよ。自信なんてありません」

差しだされた私の親友の左手は小さく震えていました。

「……リィネ、知っていますか？　ティナ・ハワードって、つい数ヶ月前まで魔法が使えなかったんですよ？　なのに、先生は――アレンは、私に作戦の根幹を為《な》す役割を託してきた。私が毎日毎日、地道な魔法制御の練習をしていると確信して！　じゃなきゃ、東都で渡された『銀氷《ぎんひょう》』を一部用いる『氷雪狼』の魔法式を手紙で書いてきたりしません」

「ティナ……」

王立学校を首席で合格し、異能を示してもなお、この子は前へ進もうとしている。

なのに、私は……短剣の鞘に触れると強い魔力の鼓動を感じました。

薄蒼髪の公女殿下が長杖を力強く握りしめます。

「先生も、御姉様も、私以上に私を信じ、案じてくれています。なら――頑張るしかありません！　リィネ、私は本気で先生の隣を歩いて行きたいんです。リディヤさんにだって、御姉様にだって、負けないっ！　貴女は違うんですか？」

「っ！　……わ、私は……私だって、兄様を…………も、もうっ！、ティナっ‼」

「ふふふ♪　偶《たま》には可愛《かわい》いところを見ておかないとっ！　という義務感ですっ‼」

「そんなもの、今すぐに捨ててくださいっ！」

「「――ふふ」」

二人して笑いあうと、迷いが晴れていきます。

私達は拳を突き出して、合わせました。

兄様……リィネも、リィネだって…………ティナと同じ気持ち、なんですよ？

「「負けませんよっ！」」

「ティナ」「リィネ」

だから――

「ティナ御嬢様！　リィネ御嬢様！」

「わっ、エ、エリー？」「きゃっ！」

「えへ、えへへ～♪」

突然エリーが抱き着いてきました。

顔に柔らかいものが当たっています。湯船で実物も見ましたが、大変に遺憾ですっ！

もっと述べれば、リリー、フェリシアさん、ステラ様も同罪ですっ‼

「……随分と余裕がありますね、貴女達は。リィネ、こっちへ」

罪を免《まぬが》れている側の先輩も歩いて来て、私の名前を呼びました。

「カレンさん？」

私は戸惑いつつも、近づきます。

すると、狼《おおかみ》族の少女は腰の短剣を抜き、私に要求してきました。

「炎蛇の短剣を抜いて、しっかりと握っておいてください」

「……え？」

「兄さんのご指示です。『多分、起こせる』と。さ、早く」

「は、はいっ！」

慌てて鞘に納められている短剣を抜いていきます。

すると、剣身に魔法式が発生し魔力を抑制。教授と学校長の魔法！

——引き抜かれた短剣は重く、片刃も鈍く光るだけ。

手に持つ短剣を、バチバチと紫電を飛び散らせながらカレンさんが『雷神化《らいじんか》』。

すると、炎蛇の短剣へ無造作に振り下ろしました。

聞いたことのない、金属と金属のぶつかり合う音。

紫電と火花が舞い踊り――

「「!?」」

炎蛇の短剣は深紅に染まり、まるで生きているのかのように炎を波打たせました。

この魔力……桁違いです。

カレンさんが惚《ほ》れ惚《ぼ》れする動作で短剣を納められ、鞘を叩《たた》き説明してくださいます。

「その短剣は元々、【双天《そうてん》】が、『流星のアレン』へ譲渡した内の一振りだったようで、もう一振りがこれみたいです」

「魔女の……」「凄《すご》いです……」

ティナとエリーが私の肩を摑《つか》みながら、絶句。

……そんな貴重な物を。兄様……。

狼族の先輩は花付軍帽を直されました。

「リィネ、武器に罪はありません。罪があるのは使い手だけ。意味は理解出来ますね？」

かつて、この短剣を用いたジェラルド・ウェインライトは力に飲み込まれた。

でも兄様は『リィネ・リンスターなら』と信じて下さっている！

私は、自分の頰が赤くなっているのを自覚しながら、心臓を押さえました。

「……はい……はいっ！」

ます。

「よろしいです。ならば――」

私達を大きな影が覆い隠しました。頭上を三頭のグリフォンが飛んでいます。

騎乗しているのは大鎌を持ったケレブリンと、大金槌《かなづち》を持ったロミー。

そして、リリーが「リィネ御嬢様《おじょう》～」と手を振りながら、グリフォンを降下させてきます。

副生徒会長さんが左手の人差し指を立てました。

「作戦を変更します。リィネ、貴女も尖塔《せんとう》攻撃へ加わって下さい！　なおこれは、兄さんのではなくステラの案です。貴女もそろそろ独りで飛んでみたいでしょう？」

「――……はいっ！　はいっ‼」

「リィネ……」「あぅあぅ。リィネ御嬢様……」

私は不安そうな親友二人へ不敵に笑いかけます。

「問題ありませんよ。ティナが第一撃目を外さなければ、ですが。全力を！」

「っ！　と、当然ですっ‼」「は、はひっ！」

「――それじゃ」

カレンさんが左手を握り締め突き出してきました。

私達も拳を合わせます。

「とっとと片付けて、行きましょう――水都へ！　新婚気分の『剣姫』様から、兄さんを奪還し、聖霊教の陰謀を打ち砕く為《ため》にっ‼」

「「「はいっ!!!」」」

＊

リリーの操るグリフォンは味方陣地の歓声を背に受けながら、ぐんぐんと高度を上げて行きます。

「リィネ御嬢様～しっかり摑まっていてくださいね～♪」

「わ、分かってるわよ」

浮遊魔法をまだ使えない私は、従姉の腰をぎゅーっと抱きしめました。

眼下の大要塞《ようさい》は沈黙を続け、城壁の兵もそれ程多くは見えません。

通信宝珠から、カレンさんが指示を出してこられました。

『リィネ、所定高度に到達したら連絡を。要塞突入後はどちらが先に本営へ辿《たど》り着くか競争です』

「了解です。負けませんっ！」

笑い声が聞こえ、通信が途切れました。

そう言えば——

「リリー、私が尖塔攻撃に加わるのって、叔父様《おじさま》は知っているのよね？」

「ステラ御嬢様が先んじて説明を〜。『リィネさんの選択を尊重してほしい』と」

「ステラ様が……」

前線に来られず南都で留まる選択をされた生徒会長さんには、作戦が終わったら御礼《おれい》を言わないといけません。

——上空ではケレブリンとロミーが待っていました。

手を挙げると、大鎌と大金槌を回し歓迎してくれます。

「ケレブリン、ロミー、よろしくね！」

『リィネ御嬢様、御成長されて……』『万事、ロミーにお任せを。リリー御嬢様も』

『む〜！　私はメイドさんですぅ〜‼』

前副メイド長はハンカチで目元を押さえ、現副メイド長は眼鏡を直し、リリーは文句。

私はくすり、と笑い、副生徒会長さんに連絡します。

「カレンさん、予定高度に到達しました！」

『──了解です』

短い回答と共に、通信が切れました。

私はポケットから小さな望遠鏡を取り出し、目標を確認します。

聳《そび》え立つ七本の尖塔と、かつては廃教会だったという中央の敵本営。

大水壕《すいごう》の先にある巨大な正門は鈍い金属質の光を放っています。

こうして見ると、岸と正門の間はかなり距離がありますね……ティナが大水壕を凍結させたら、尖塔を叩いてカレンさんへの攻撃を分散させないと。

要塞内では将官らしき壮年の男性が、騎士達を従え指揮棒を振っています。士気は低くなさそうです。

──冷気が頬に触れました。

「これ……ティナの？」

望遠鏡を外すと、要塞全体を覆う程の無数の氷華《ひょうか》が舞っています。

通信宝珠に私の親友の声が響き渡りました。

『始めますっ!!!』

私は慌てて望遠鏡で要塞の対岸を確認。

ティナが白と蒼《あお》のリボンを結んだ杖《つえ》を高く掲げ、魔法を発動させようとし、エリーも後方で手を翳《かざ》して、魔法制御の補佐をしています。

宝珠が清冽《せいれつ》な光を放ち始め、凄《すさ》まじい——信じ難《がた》い程の魔力の奔流。

後方の味方陣地からは上空にまで届く程の大歓声。次いで、無数の耐氷結界を発動させていきます。

雪風が吹き荒れる中、顕現し始めている氷狼が、深い深い『蒼』に染まり——ティナが声なき悲鳴をあげ、半歩後退しました。

『〜〜〜っ！　くぅぅ………』

『ティナ御嬢様、ゆっくり、ゆっくり、ですっ！』

エリーに背中を押され、ティナが押し返します。

今、彼女達が制御しようとしているのは、魔女が使ったという『銀氷《ぎんひょう》』を一部組み込んだ、新たな『氷雪狼《ひせつろう》』。

私も魔法式を見せてもらいましたが、発動難易度は跳ね上がっていました。

その為、魔法制御に長《た》けるエリーが補佐に入っているわけですが……。

既に岸辺の水面《みなも》には氷が張り始め、猛烈な吹雪が発生しつつあります。

――そう、黒く、闇に染まった吹雪が。
私は堪《たま》らず、通信宝珠に叫びました。
「ティナ！　闇属性が強過ぎますっ‼　抑えてっ‼!」
『くぅぅっ！』『ティナ御嬢様っ！』
必死に魔法を制御し、完全顕現させようとしますが、このままでは。
――その時でした。
「リィネちゃん、尖塔はよろしく～！」
「！　リ、リリー⁉」
止める間もなく従姉の姿が掻《か》き消えました――短距離転移魔法『黒猫遊歩《くろねこゆうほ》』⁉
私は慌ててグリフォンの手綱を握り、高度を維持します。
ティナとエリーの戸惑いが聞こえてきました。
『！　リリーさん⁉』『せ、尖塔の攻撃に行かれたんじゃ⁉』
無数の炎花が黒き吹雪を抑えていきます。
長い紅髪《あかがみ》を靡《なび》かせている従姉は地面に降り立ち、ティナの杖に左手を置きました。
凛《りん》として気品に溢《あふ》れる助言。
『――落ち着いて、丁寧に。アレンさんの魔法式はとても難しいですけど』

猛烈な漆黒の吹雪が、少しずつ、少しずつ、収まっていき、炎花がティナとエリーを守るように包み込みます。

『優しくて穏やかです。怯《おび》えなければ暴発はしません――……信じて』

リリーの言葉を受け、ティナの魔力が一気に膨れ上がりました。

『あれは……』『まぁ……』

何事にも動じないケレブリンとロミーの驚きが耳朶《じだ》を打ちます。

――桁違いの魔力が集束していき、親友の背中に氷の双翼が形成されていきます。

『そんなの、知っていますっ！　エリーっ！』

『はいっ！　ティナ御嬢様っ！』

主の呼びかけに、メイドが即座に応じ、漏れ出て暴れ狂う魔力を制御。

兄様のように、この修羅場の中で魔法式の一部書き換えを実行しているようです。

親友達の成長に私は震え、同時に自分自身を奮い立たせます。私だってっ！

ティナの全魔力が一点に集束し小さな球となり――全ての音が一瞬消失。

『私は――先生にっ！　アレンにっ‼　絶対追いつくんでですっ！！！！』

直後、薄蒼髪の公女は兄様への想《おも》いを叫びながら、杖を振り下ろしました。
大水壕に蒼の雪風が吹き荒《すさ》び——咆哮《ほうこう》をあげながら、巨大な氷狼《ひょうろう》が顕現！
**『おおおおおおおお！！！！！！！！！！！！』**
味方将兵も自らの武具を思いっきり叩《たた》き、称賛の雄叫《おたけ》び。
要塞の城壁上では守備兵が慌ただしく動き回っています。気づかれたようです。
氷狼は前脚を幾度か掻き——急加速。
大水壕を一瞬で凍結させ、氷原を形成していきます。
これ程の威力……ティナの中の大精霊『氷鶴《ひょうかく》』が力を貸した？
対して、要塞からは大きな鐘の音。七尖塔も光を放ち戦略結界を形成し始めました。
『リィネ御嬢様』『出番でございます。……リリーは後でお説教しなければ』
「——了解よ」
メイド達の指摘を受け、私は思考を中断させました。
既に氷狼は戦略結界に接触して突破を図り、守備兵も魔法を集中させています。
『征きますっ！』

カレンさんが短く強い決意を示され、雷を纏《まと》われ突撃を開始。

氷原を駆ける雷となり、正門目掛けて凄まじい速度で突き進んでいきます。

進む度に雷は形を変え、やがて咆哮する巨大な狼の顔に。

正しく――『雷狼《らいろう》』！

先輩を心から称賛しながら、私は剣と短剣を抜き放ちメイド達へ指示を飛ばします。

『ケレブリン！　ロミー！　目標は』

要塞最南端の尖塔《せんとう》へ剣を向けました。二人のグリフォンが急加速。

『『了解でございます！』』

私もグリフォンを飛翔《ひしょう》させ、見る見る内に尖塔が迫って来ます。

氷狼とカレンさんが次々と戦略結界を喰《く》い破っているのでしょう、七重だったそれは既に残り二枚まで減っています。

『先陣は私が』『あ！　先輩っ‼』

ロミーが止める間もなく、ケレブリンは躊躇《ちゅうちょ》なくグリフォンから跳躍。

――振り下ろされた『首狩り』の大鎌は、負荷のかかった結界の一部を切り裂きました。

残り一枚。

『まったく……変わられませんねっ！』

副メイド長も飛び込み、大金槌《かなづち》を全力で振り下ろし――結界を粉々に砕きました。

城壁の守備兵が顔を引き攣《つ》らせ、硬直しています。

要塞の屋根に着地した二人が同時の叫び。

『リィネ御嬢《おじょう》様っ‼』

私は剣と短剣を交差させグリフォンの背から飛び降り、尖塔へ急降下。

氷狼の魔力が消えていきます。カレンさんの為《ため》にも、この一撃で結界をっ！

「やぁぁぁぁぁぁ！！！！！！！！！！！！」

私は全力で『紅剣《くけん》』を発動させ、眼前に迫りくる尖塔を横薙《な》ぎしました。

――一切の衝撃を感じず、分厚い石造りの壁を両断。

尖塔が炎を噴き出しながら、倒れていきます。

「ふえっ⁉」

余りの呆気《あっけ》なさに私の方が驚いてしまいます。こんな簡単に⁉

ケレブリンとロミーが、状況についていけていない守備兵を蹴散らすのを横目に見つつ、近くの屋根に着地。

　すると、短剣がまるで嬉《うれ》しがるように明滅し、大炎蛇《えんじゃ》が出現。

　二本目の尖塔に向かって襲い掛かっていきます。か、勝手に！

『貫けぇぇぇぇぇぇ！！！！！！！！！！！！！！！！！』

　通信宝珠からはカレンさんの大咆哮。

　正門付近に無数の雷光が走り――金属が引き千切れる残響と爆炎が噴き上がりました。

　突破に成功したっ⁉

　カレンさんが弾んだ声で報告しました。

『成功ですっ！！！！　正門は完全に破壊しましたっ！！！！』

『全軍突撃せよっ！』『一番槍《やり》は我等《われら》『紅備《あかぞな》え』が貰《もら》うっ‼』『駆けよっ！　駆けよっ‼』

『突撃部隊を掩護《えんご》し、前進。正門を取るぞ』叔父様や諸将の命令が飛び交います。

「リィネ御嬢様」「私達も参りましょう――三本目の尖塔へ」

　尖塔近くを短時間で制圧し終えた、ケレブリンとロミーが私を促してきます。

　見やると、二本目の尖塔が炎蛇に巻き付かれ倒壊していくのが見えました。

　……兄様、ち、ちょっと、凄過《すご》ぎるんですけどっ⁉

恐々と深紅の短剣を見つめつつ、二人のメイドへ頷《うなず》きました。

「そ、そうね……尖塔を倒し終えたら、敵本営へっ‼」

「「はいっ‼」」

私達は城壁を駆け始めました。敵は明らかに混乱しています。

――ティナの魔力が消えています。

あれだけの魔法を放てば当然でしょう。後は私達で何とかしないとっ！

『リィネ、敵の本営で落ち合いましょう』

『了解です、カレンさんもお気を付けてっ！　リリー？』

やや雑音混じりのカレンさんの呼びかけに応え、リリーへ先輩の護衛を頼みます。

『はい～カレン御嬢様の護衛はお任せです～☆　将来の義妹《いもうと》さんかもしれないので～♪』

『私に義姉《あね》はいませんし、出来ませんっ！　兄さんの隣は私だけの場所なんですからっ！　行きますよっ‼』

まったく、あの従姉《いとこ》ときたら……。先を進むロミーも右手で頭を押さえています。

状況を確認すると、戦略結界が弱まったことで上空には味方のグリフォンが舞い、下では思考停止に陥っていた敵兵の一部が悲鳴じみた報告をあげています。

「た、隊長殿！　正門と尖塔がっ！」「グ、グリフォンだぁぁぁ！！！！」「『紅備え』を先頭に敵軍、突撃してきますっ！」「じ、城壁からの射撃では止め切れませんっ！」

叔父《おじ》様も各将も本気のようですね。

そうこうしている内に、炎蛇が三本目の尖塔を粉砕するのが見えました。

心なしか、自慢気に見えるような……。

いえ！　勝手に動く魔法生物に戦果で負けたら、兄様に会わせる顔がありません。

私は身体強化魔法を重ね掛けし、速度を上げました。

残る尖塔は四本ですっ！

＊

「これで──終わりっ！」

私は炎蛇の短剣を、最後まで残っていた西の尖塔へと振るいました。

深紅の煌《きら》めきを放ちながら、巨大な炎蛇が出現。

尖塔の分厚い石壁を貫通して絡《から》まり、あっという間に崩壊、炎上させていきます。

「リィネ御嬢様、御見事でございます」「どうぞ、此方《こちら》へ」

「ありがとう、ケレブリン、ロミー」

最後の尖塔を守るべく集結していた敵騎士と守備兵を制圧し、グリフォンに騎乗している歴戦のメイド達に応じ、私は腰の鞘《さや》へと短剣をゆっくり納めました。

大炎蛇が不服気にしながら、消失していきます。

顕現させると鞘に納めるまで、全く制御が効きません……。

兄様、水都でお会いしたら、じっくりとお話ししたいことがありますっ！

屋根からグリフォンに飛び乗り、高度を取っていくと――巨大な要塞の置かれている状況がはっきりと見えてきました。

七つの尖塔は全て崩れ落ち、正門だけでなく、堅固だった城壁数ヶ所にも大穴が開いています。ティナの放った『氷雪狼《ひせつろう》』の余波で脆《もろ》くなっていたようです。

上空には味方のグリフォンが乱舞し、襲撃を繰り返して各部隊を掩護中。到《いた》る所で勝鬨《かちどき》と黒煙が上がっています。

作戦成功ですっ！

先程来、距離のある通信宝珠が聞こえなくなっていますが、大量利用の弊害でしょう。

この要塞を落としてしまえば、アトラス侯国も――通信宝珠が反応しました。

『リィネ御嬢様の凛々《りり》しき横顔、何時までも見ていたいのですが……私は断腸の思いで各部隊の掩護に向かいます。あちらを』

ケレブリンが、大鎌で要塞中央に聳《そび》える教会前の通りを示しました。

黒煙が上がる中、紅の武装で統一された味方部隊と敵騎士隊が激しく交戦しています。

南方諸家最強部隊である『紅備え』と互角——敵将直轄の最精鋭部隊！

『では後を頼みましたよ、ロミー』『お任せください』

「ケレブリン、気を付けてねっ！」

美人メイドは私へ敬礼をしながら、グリフォンを急降下させていきました。

私も左手で返礼し、

「ロミー、私達も——」

行きましょう、と言い終える前に要塞中央部の建物に雷と炎が突き刺さり、砕け散った硝子《ガラス》が、キラキラと地面へと降り注ぐのが見えました。

大金槌を持つ副メイド長が冷静に指摘をしてきます。

『カレン御嬢様とリリーの遠距離魔法かと』

「急ぐわよっ！」

私はグリフォンの手綱を引き、空中を駆けさせました。

小さな町にも等しい巨大要塞を飛翔させながら、通信宝珠で親友達に呼びかけます。

「ティナ！　エリー！　そっちの状況を報《しら》せて下さい！」

『……リィ……敵の妨』『気をつけ――……増…の可能性……………』

雑音が混じり、使い物になりません。

「……敵の通信妨害？　この局面で？　しかも、敵の増援？？」

『リィネ御嬢様っ！　空がっ‼』

「⁉」

私はグリフォンを空中で停止させ、旋回させます。

――要塞上空に、黒く巨大な『花』が浮かび上がっています。

「だ、大規模転移魔法ですって⁉」

半妖精族の長《おさ》、『花賢《かけん》』チセ・グレンビシー様によって、王都から東都へ一気に転移したのは記憶に新しいところです。

けど……チセ様の戦略転移魔法『散花幻星《さんかげんせい》』はこんなに禍々《まがまが》しくはありません。

敵味方関係なく、地上の将兵が空を見上げる中――

『っ！』

魔法陣が黒灰の光を瞬《またた》かせ、鎧兜《よろいかぶと》に長槍を装備した数十の魔導《まどう》兵達が要塞内へ落下。

小さな白い影も本営の中に飛び込むのが見えました。

エリーの言っていた敵の増援っ⁉

『下もですっ！』

眼鏡の奥の瞳を厳しくしながら、ロミーが指差しました。

無数の植物の根と枝が地面から突如として出現し、石造りの通路、回廊、建物を次々と飲み込んでいきます。これは……

「兄様の仰《おっしゃ》っていた、【双天《そうてん》】が創りし禁忌魔法『緑波棲幽《りょくはせいゆう》』⁉」

『っ！？！！』

更に酷《ひど》くなった雑音を貫き、眼下にいる人々の呻《うめ》きと悲鳴。

私はグリフォンの高度を上げながら、状況を確認し息を呑《の》みました。

植物と魔導兵が味方だけでなく、侯国軍の騎士や守備兵にも襲い掛かっています。

「敵味方、関係なく攻撃している⁉　魔法士は何処《どこ》？　何処にいるのっ！」

「リィネっ！」「リィネ御嬢様！」

雷を纏《まと》い、建物の屋根を駆けている狼《おおかみ》族の少女。

並走しているのは双大剣で根を薙ぎ払う紅髪《あかがみ》の年上メイドです。

「カレンさんっ！！！　リリーっ！！！」

「魔法士は敵の本営ですっ！」「行きましょうっ！」

「はいっ！」

私は手綱を引こうとし——凄《すさ》まじい速さで植物の枝と根が襲い掛かってきました。

「っ！」「させません」

空中に躍り出た黒髪眼鏡のメイドは大金槌《かなづち》を振るい、枝と根をバラバラに粉砕。

石廊に着地し、ゆっくりと構え直しました。

「ロミー！」

「御嬢《おじょう》様方、先へお進みください、此処《ここ》は」

副メイド長に対し、地上から跳躍してきた魔導兵が襲い掛かってきました。

今までよりも遥《はる》かに俊敏です。

「…………邪魔です」

ロミーは突き出された長槍を受け流し、大金槌で容赦なく頭を打ち砕きました。

魔導兵からは鮮血ではなく黒い液体が飛び散り、動かくなります。

……人じゃ、ない？

眼鏡を直し、副メイド長が大金槌を片手で、クルリと回転させ優雅な挨拶。

「私が抑えます。東都やアヴァシークで出現したものよりも多少素早いようですが、脆いようでございますので、ご心配なさらず。リリー、メイドの本分を果たしなさい」

「了解ですぅ〜――……ロミー、気を付けて」

紅髪の従姉が真剣な表情で、副メイド長の身を案じます。

跳躍してきた新手の魔導兵を裏拳で吹き飛ばし、ロミーは恭《うやうや》しく頭を下げました。

「――畏《かしこ》まりました、リリー御嬢様。カレン御嬢様、御二人をお願い致します」

「了解しました。行きましょうっ！」「も、もうっ！」

カレンさんが走り出し、リリーも恥ずかしがりながらも追随。

私はロミーの無事を祈りつつグリフォンの手綱を引き、お願いしました。

「飛んでっ！　出来る限り、速くっ‼」

敵の本営である、かつての教会内に開いた大穴から突入した私達は、目の前に広がる凄惨な光景に言葉を喪《うしな》いました。

「なん、ですか……これ…………？」「「…………」」

抵抗する間もなかったのでしょう。

古いステンドグラスに照らされる室内にいた十数名の参謀と騎士が、驚愕《きょうがく》の表情のまま、砕かれた机と椅子、無数の書類や広げられた地図を鮮血で染め、倒れています。

立っているのは一人だけ。

「うん？　もう来たのか。作業が終わるまで遊んでいればいいものを……面倒な」

純白ローブを身に纏い、兄様の後輩であるテト・ティヘリナさんが被《かぶ》っているような白の魔女帽子と、白髪が印象的な少年が振り返りました。

背丈は精々エリーと同じ程度。

手足も子供のように細く、このような凶状を為《な》したとは思えませんが……。

「あぐ…………き、貴様……半妖精…………せ、聖霊教……」

左手に持つ片刃の短剣は壮年の男性の胸を深々と貫き、鮮血が床を濡《ぬ》らしていきます。

敵総大将のロブソン・アトラス。

私はグリフォンの背から教会内に降り立ち、カレンさんとリリーの隣で剣を構え直しました。二人共、臨戦態勢です。

「貴方《あなた》……い、いったい、何を、何をっ！」

「掃除だ。面倒だが……此方は私の担当。南方の方が面白かったかもしれんが」

「『掃除』、『担当』です、って……？」

理解が追いつかず、私は声を震わせます。

この男……内在している魔力の底が見えません。

年齢も、仮に半妖精族ならば外見とは一致していないでしょう。

カレンさんが目を細めました。手の十字雷槍《らいそう》はますます猛《たけ》っています。

「その服装は聖霊教の『使徒』――この惨劇を引き起こしたのは貴方ですね？」

「ほぉ……」

少年が男性を無造作に床へ投げ捨て、短剣の血を布で拭き鞘へ。

帽子についている黒花《こっか》が目に入りました。

「中々に賢い狼だ。しかも、『雷神化』とはっ！　先祖返りだな。実験材料として回収しておきたいが――」

巨大な『火焔鳥《かえんちょう》』が少年に叩《たた》きこまれ、爆炎を巻き起こしました。

残っていたステンドグラスが割れ、壁も吹き飛ばし、炎上します。

私は剣で防御しながら、双大剣を持つ従姉《いとこ》を呼びました。

「リリー……」「不快です」

端的な返答。魔力で紅髪が立ち上がり、揺れています。

この子がこんなに怒るなんて……。

「ふむ。リンスターの公女が二人。雷狼《らいろう》が一頭」

「「！」」

炎が凶風で吹き散らされると使徒が現れました。手には金属製の杖《つえ》を持っています。

通信宝珠が微《かす》かに鳴りました。……了解です。

「悪くはない。撃つのに七面倒な転移魔法を組んだ甲斐《かい》があったか。喜べ！　お前達には、私──使徒次席のイオ・ロックフィールドの役に立つ機会を与えようではないか。水都からこの地に来たのが、愚かな末席のイーディスでなかった幸運を喜ぶがいい。貴様等を回収出来れば、あの上席面している吸血姫の打倒すらも視野に入ろう」

「！」「次席……」「…………」

使徒イーディス。北方ロストレイの地でステラ様が交戦された、と聞いている魔法士。骨竜を使役し、禁忌魔法『故骨亡夢《ここつぼうむ》』をも使用してきたと聞いています。

──それよりも格上の使徒！

「ごちゃごちゃと五月蝿《うるさ》いです」

リリーが少年に大剣を向けました。通信宝珠の内容は理解出来ているようです。

「貴方が誰であろうと、使徒だろうと──私達がすべきことは変わりませんっ！　大体、単独で敵地に送り込まれている時点で、アヴァシークで交戦した人達より扱いが雑です。

水都から送り込まれたのなら、捨て駒なんじゃないですかぁ？」

「………うん？」

少年の雰囲気が変化しました。

帽子の下の瞳は──金。

「千年に亘《わた》るグレンビシーの終着点──かの『花天《かてん》』の二人しかいない弟子の一人であり
『イオ』の名を与えられた私が捨て駒？　名も覚えておらぬ使徒擬《もど》き共より劣るだと？」

「片腹痛いですぅ〜★　貴方の転移魔法は半妖精族に劣りぃ」

リリーは煽《あお》りつつ、冷静に魔法を紡《つむ》いでいます。

──これは時間稼ぎ。

「禁忌魔法は魔女に劣っています。何よりぃ？　私達は貴方よりも数段、魔法制御に優れる魔法士さんを知っていますしぃ〜？」

空気が一気に重くなり、教会全体が鳴動。

扉や私達の突入してきた穴に、黒い花の結界が張り巡らされました。

使徒の瞳から感情が消失し、ふわり、と浮かび、地中を何かが這《は》いずり回る感覚。

「……良い。お前は惨《むご》たらしく殺してやろう」

「リィネちゃんっ！　カレンちゃんっ！」「了解っ！」

「⁉」

　使徒の見せた一瞬の隙。

　それを見逃さず、私達は間合いを疾走。

「「はぁぁぁぁっ‼」」

　私は秘伝『紅剣《くけん》』を。カレンさんは巨大十字雷槍を。リリーは無数の炎花を纏わせた双大剣を使徒に叩きこみました。

　凄まじい爆発が発生、教会の天井の一部が落下。炎が躍ります。

　間違いなく直撃しました。無傷とは……

「ふむ。私を挑発し、初手から全力攻撃。悪くない段取りだ」

「「「！」」」

　戦慄を覚えながら後方に目をやると使徒は空中で、私達の攻撃を論評していました。

　背には黒く濁った半妖精の羽を広げています。

「劣化しているとはいえ、その歳《とし》で『火焔鳥』を使いこなし、『雷神化』もそれなりに洗練されている。大精霊達の力が弱まっている、この魔法衰退時代と年齢も考慮すれば――お前達には称賛が与えられてしかるべきだろう」

気になる言葉もありますが、そんな余裕はありません。

カレンさんとリリーも険しい顔をしています。

「…………だがぁ」

「「っ！」」

使徒が唇を歪《ゆが》めた途端――漆黒の魔力が噴出しました。

更に、床を突き破って無数の植物の枝と根も現れ、死体を飲み込んできます。

「私には勝てぬ。所詮は中途半端《ちゅうとはんぱ》な才。我が師『花天』、今は亡《な》き妹弟子『氷姫《ひょうき》』には遠く届かない」

「「…………」」

『花天』は異名からして、『花賢《かけん》』様の関係者でしょう。

……では『氷姫』は？

この異名は御伽噺《おとぎばなし》に登場する、大陸動乱時代の英雄が名乗っていたと記憶しています。

現世では――……一人いましたね。『小』のつく首席さんが。つまり。

私は剣を強く握りしめ、自分自身に気合を入れ直しました。

この情報は兄様が探し続けておられる、ティナとステラ様の御母上《おははうえ》、亡きローザ・ハワード様に関係しているかもしれません。諦めるわけにはっ！

カレンさんとリリーも私と同じ気持ちらしく、一歩前へと踏み出しました。

使徒が金の瞳を細めます。

「勝てぬ、と分かっていても来るか。面倒だが、分からなくもない」

杖を掲げると、黒の花吹雪が渦を巻き、高速で組み上がり始めました。


魔力からして──風属性禁忌魔法！


「撃たせちゃ絶対に駄目ですっ！！！」「ええっ！！！！」

私の叫びにカレンさんも即呼応。炎に包まれつつある教会内を全力で疾走し、

「やぁぁぁあっ！」「はぁぁぁぁっ！」

植物の枝と根を吹き飛ばしながら、左右同時攻撃を仕掛けました。

「──効かぬ」「くっ！」

ですが、少年の分厚い魔法障壁に弾《はじ》かれてしまいます。

直後、リリーの『火焔鳥』が急降下！

狙い違《たが》わず直撃しますが、業火《ごうか》は黒の花片に呑《の》まれ消失していきます。

従姉の左腕の腕輪から無数の炎花が生まれ、使徒を包み込みました。双大剣が同時に叩きこまれます。

「せいっ！！！！！！！！！！！！！！」

リリーの全力斬撃と使徒の魔法障壁とがぶつかり、衝撃で壁に罅《ひび》が走っていきます。

しかし、炎花は急速に黒の花片で散らされていき――消失。

「……鬱陶しい」

「きゃっ！」「リリー！」「リリーさんっ！」

更に強大化した魔法障壁によって、大きく弾かれた従姉をカレンさんが受け止めます。

私はホッとしつつも、剣を横薙《な》ぎ！

数百の炎槍《えんそう》で使徒を包囲し、連続斉射。

――しかし、効果無し。黒く冷たい風に全て吹き飛ばされます。

黒の花球の中の使徒が、漆黒の竜巻を展開させている杖を掲げ、睥睨《へいげい》してきました。

「三面倒な。早く死ね。死んで私の役に立て。意味のない奮戦の駄賃として――見せてやろうではないか。【魔女】の創りし戦術禁忌魔法『北死黒風《ほくしこくふう》』だ」

「ぐっ！」

実力差があり過ぎて、有効な打撃を全く与えられないっ！

他に何か手は——……あ。

目線を鞘《さや》に収まっている恐るべき短剣へ。でも……。

紫電と炎花が飛び、カレンさんとリリーが私を鼓舞してくれます。

「リィネ！　悩むのは後よっ！」「リィネちゃん、自分と——アレンさんを信じてっ！」

「——……はいっ！　はいっ‼」

私は覚悟を固め剣を地面に突き刺し、短剣を手にしました。

使徒が初めて驚きます。

「それは……もしやエーテルハートの」

「リリーの言う通りです。貴方《あなた》が誰だろうと、関係ないっ！」

柄を強く強く握り締め、勇気を振り絞ります。

お願い。私に力を、みんなを守る力を貸してっ！

全力を込め、一気に引き抜くと——

「ほぉ……」「リィネ、貴女《あなた》……」「リィネちゃん……」

巨大な炎蛇《えんじゃ》が生まれ、空中を躍り、植物を焼き尽くし短剣へと吸い込まれました。

私自身も深紅の炎に包まれ——理解します。

短剣を作った【魔女】の少年と、かつて所有した短い銀白髪の少女の強い強い想《おも》い。

自分の大切な人を守りたかった。自分自身の命を犠牲にしても――守りたかった。

炎が短剣へと吸い込まれ、剣身を形作ります。

私は一瞬だけ目を閉じ……祈りました。貴方達の想いと無念、兄様に必ずお伝えします。

剣の炎が渦を巻き始める中、使徒へ名乗りをあげます。

「私の名前はリィネ・リンスター。新しき『流星』――狼《おおかみ》族のアレンから、この短剣を預かり、いつの日か『剣姫《けんき》』に追いつく者ですっ！　この一撃、重たいですよ？」

リンスターたる者、如何《いか》なる時も大胆不敵に。

御母様の教え通り私は不敵に笑い、短剣を直上に掲げると、カレンさんとリリーも武器を重ねてくれました。

二人と頷《うなず》き合い、私は使徒へ啖呵《たんか》を叩《たた》きつけます。

「「「防げるものなら――防いでみろっ！！！！！！！！！！！！！」」」

裂帛《れっぱく》の気合と共に全魔力を注ぎ込み、魔法を解き放ちました。

瞬間──尖塔《せんとう》を破壊した時よりも遥《はる》かに巨大な炎蛇が出現し、大口を開けて使徒へ襲い掛かります！

今まで余裕を見せていた使徒が初めて狼狽《ろうばい》し、風属性禁忌魔法を発動しました。

炎蛇と漆黒の竜巻がぶつかり合い、教会内を崩壊させていきます。

身体《からだ》中に激痛が走り、私達は歯を食い縛って必死に制御。

落ち着きを取り戻した使徒が舌打ち。

「ちっ！【炎龍】の短剣がこのような小娘に力を──」

カレンさんの雷槍《らいそう》の核となっている短剣が、深い紫の光を放ち始めました。

直後、炎蛇は双頭へと変化。

「!?　その短剣は『流星』の、しまったっ！！！！！」

使徒の花球に新しい炎蛇が牙を突き立て──罅が走り、遂《つい》に砕きます。

「があぁぁぁぁぁ！！！！！！！！！！！！！！！！！」

甲高い叫びを上げながら、使徒は炎蛇に飲み込まれ──大衝撃を引き起こしました。

二人に背中を支えられ、残りの魔力で障壁を張り必死に受け流します。

――やがて、視界が戻ってきました。

「はぁはぁはぁ……」

「リィネ」「うわぁ……派手にやりましたねぇ～」

荒く息を吐き倒れそうになったところを、カレンさんに支えられました。

リリーは前方を覗《のぞ》き込んでいます。

教会の壁どころか三重城壁をも貫通。前方には海が見えています。炎も全て吹き飛んでしまったようです。

私は短剣に目線を落としました。……あ、兄様ぁ。

ですが、取りあえずはこれで、

「正直――驚いた。よもや、ここまで力を引き出すとは」

「「……っ」」

上空を見上げると、黒の花球。

黒い花弁を撒《ま》き散らしつつ、杖《つえ》を持つ使徒イオが姿を現しました。

白い帽子にもローブにも傷一つついていません。唇を歪め、嘲ってきます。

「さて？　無駄な抵抗は終わり、と思っていいか？」

「——……ええ」「そうですね」「終わりですね～」

私達は息を吐き、淡々と受け答え。

少年が訝《いぶか》り帽子のつばを上げ、舌打ちしました。

「？　何を言って……ちっ」

扉が結界ごと切り裂かれ、二人の美女が中へ入って来ました。

「動かないでくれるかしら？」「動けば、我が槍《やり》は容赦なぞせぬ」

絶対的な強者の物言い。

剣を抜き放っている長く美しい紅髪《あかがみ》の美女と、槍を持つ翠髪《みどりがみ》のエルフの美女。

——リサ・リンスターとレティシア・ルブフェーラ。

エリーの言っていた『増援』です！

「御母様！　レティ様！」

「リィネ、遅くなったわ」「カレン、リリー、後は我等《われら》に任せよ」

「うふふ～私も忘れないでほしいわぁ」「はい、大奥様♪」

「御祖母様《おばあ》!?」

イオの後方に、深紅の魔法衣に身を包み古い杖を持ったリンジー・リンスターと大鎌を構えたケレブリン・ケイノスが降り立ちました。

少年のような使徒が顔を歪《ゆが》め、吐き捨てます。

「『血塗れ姫《ちまみ》』『彗星《すいせい》』『緋天《ひてん》』『首狩り』……四面倒な。分が悪い。退くとしよう。私は既に目的を達した」

白い魔女帽子をあげ、使徒はカレンさんとリリー、そして私を金の瞳で睨《にら》みつけます。

「……貴様等《きさまら》の顔、忘れぬ。次は必ず殺してやろう。それまで生を永らえさせよ。聖女と共に世界を変える、イオ・ロックフィールドの命である」

突然、大閃光《せんこう》が走りました。

『!』

腕を掲げ、視界を守ります――逃げた!?

目を開けると、使徒の姿は何処《どこ》にもありませんでした。

「はぁ……」「ふぅ……」「ひふぅ……」

全身の力が抜け、私達はその場にへたり込みます……危なかった。

御母様達が来てくれるのが少しでも遅かったら。


「リィネ～～～～～～～～～～～～～～！！！！！！！！！！！！」


すっかり馴染《なじ》んだ少女の叫びが耳朶《じだ》を打ちました。

回らない頭で、上を見ると、

「っ！　ち、ちょっと⁉」「テ、ティナ御嬢様《おじょうさま》っ⁉」

ティナがいきなりグリフォンから飛び降りました。

手綱を握っているエリーが驚き、慌てて浮遊魔法を発動。

ギリギリで間に合い、薄蒼髪《うすあおがみ》の公女は私の腕の中へと落下してきました。

が……衝撃を完全に吸収しきれず、痛みが走ります。

「い、ったぁ……テ、ティナ、何をするんですかっ！　……あ～もう」

「………」

無言で私に抱き着き、静かに泣いているティナの背中をさすります。

普段もこれくらい殊勝なら可愛《かわい》いんですが……。

「リィネ御嬢様っ！　ティナ御嬢様っ！」

「「わぁっ！」」

背中にエリーが飛びついて来ました。グリフォンを乗り捨てたようです。

ティナと真逆の大泣き。

「よかったですぅぅぅ…………ぶじで、ほんとうに、よかったですぅぅぅ」

「「……ぷっ」」

私とティナは目を合わせ、くしゃくしゃなエリーの顔を見て吹き出してしまいました。

姿勢を変えて、三人で抱きしめ合います。やりました！　私達はやったんですっ‼

――アトラス侯国が、単独での休戦を申し込んで来たのはその日の夜でした。

# エピローグ

「そう……新たな、しかも半妖精族の使徒が。治癒完了よ、リィネさん」

「ありがとうございます、ステラ様。……体調の方は？」

私は見事な治癒魔法の御礼《おれい》を言いながら、目の前に座る美少女に質問しました。

要塞陥落後、南都からすぐにやって来られ、敵味方関係なく負傷者に対して、陽《ひ》が落ちても治療を行われていましたし、大丈夫だとは思いますが……念の為《ため》です。

要塞対岸の味方陣地に築かれた天幕内で、ティナは上半身をテーブルに投げ出し、エリーとカレンさんもぐったり。元気なのは、甘い物を貰《もら》いに行ったリリーくらいです。

ステラ様が薬箱を仕舞いながら、答えてくれます。

「ええ、ありがとう。治癒魔法は問題ないみたい」

「御姉様、負傷者の皆さんに『聖女様』って手をあわせられていましたよ？　此処《ここ》まで見通しておられたとは……流石《さすが》は同志っ！　いっそ『狼聖女』を広めましょうー！」

ティナが顔を上げ、拳を握り締めました。

同志というのは、『勇者』アリス・アルヴァーン様。

ティナとは北都で意気投合した、と聞きましたが……何故《なぜ》か、私も『同志』呼びされて
いました。ええ！　何故かはさっぱりっ！　分かりませんが‼

薄蒼の前髪に触れながら、ステラ様が困った顔をされます。

「ティナ、私は自分に出来ることをしただけよ。サリーも手伝ってくれたし。『聖女』だ
なんて……今度お会いしたら、アリスさんに注意しておかないと」

「ステラ、フェリシアは南都？」

花付軍帽を外しながら、カレンさんが質問されました。

あの眼鏡をかけた兵站《へいたん》総監代理の少女は前線に来ていません。

「『私も行くっ！』って、駄々をこねていたけど……血を見たら、ね？」

「正解だわ」

生徒会長さんが手を倒すと、副生徒会長さんも全面同意されました。

……目を回されてしまう、と。

使徒が投入してきた魔導《まどう》兵に至っては人じゃなく、戦後は灰になり、跡形もなくなって
いましたし、フェリシアさんが来ないのは正解でしょう。

ティナが前髪を、ぴんっ！　と立てながら、私達全員を見渡します。

「とにかくですっ！　これで——水都へ行けますね」

難攻不落の要塞を陥落させ、アトラス侯国との休戦も達成。

うちのグリフォン達ならば——ステラ様が確認されます。

「アレン様の御手紙にあった、聖霊教が何かを企《たくら》んでいる日は次の闇曜日。今日は」

「『雷曜日！』」「あ、あと三日、で、です」

私とティナは声を合わせ、エリーが後を引き取りました。

狼《おおかみ》族の少女が机の上の地図に指を滑らせます。

「ケレブリンさんは良く訓練された飛竜を用いて、一日足らずで水都から南都へ移動されましたが……ステラ、どうするの？」

私達に残された時間はそんなに多くはありません。

水都に行くならば……今晩にでも出発する必要があるでしょう。

ステラ様は胸ポケットから蒼翠《そうすい》グリフォンの羽根を取り出され、触れられました。

「私は南都に残るわ」

「『！』」「……………」

私達は目を見開き、カレンさんは沈黙されています。

薄蒼髪の聖女様が、冷静に情勢と自己分析を開始されました。

「今の私は光属性の治癒魔法は使えるけれど、戦闘は難しいわ。幾らアトラスと単独休戦になっても……ううん。休戦になったからこそ、リンスター公爵家は侯国を守る必要がある。他の北部四侯国からね。さっき、リサ様とお話したのだけれど、敵味方の負傷者も多くて、大兵力を水都に乗りこませるのは難しいと仰《おつしや》っていたわ。戦えない私が行っても、アレン様とリディヤさんの足手纏《あしでまと》いになってしまう」

「「………」」「ステラ御嬢様……」

ティナと私は目を白黒させ、エリーが手を組み迷っています。

生徒会長さんが続けられます。

「なら、残って負傷者の治療とフェリシアの補佐に回るわ。『花天《かてん》』と『氷姫《ひょうき》』については博学のシェリル王女殿下も南都に来られるみたいだし、聞いてみる。さ――本題よ」

ステラ様が悪戯《いたずら》っ子の顔になれました。

「水都に行きたいのは誰かしら？」

「「行きたいですっ！」」「……私は」

ティナと私は即座に挙手。対してエリーは顔を伏せ……自分の決意を表明しました。

「私は、残ってステラお姉ちゃんを助けたいです。戦いでたくさん怪我《けが》をされた方が出てしまいましたし、治癒魔法を使える人は一人でも多い方が良いと思います」

「エリー……」「大丈夫ですよ、姉様と兄様は私が必ずお助けします」

分かり易《やす》く不安そうにしたティナへ私は言葉を被《かぶ》せ、目配せ。

――ついて来て欲しい。けど、幼馴染《おさななじみ》兼親友の決意も尊重したい。

ティナが言葉にすれば、天使のように優しいエリーはまた思い悩んでしまうでしょう。

みんな、立ち止まってはいられない。

先へ進まなければ兄様の、アレンの隣を歩くことなんか、未来永劫《えいごう》出来ないから。

エリーが、自分の意志で一歩を踏み出すのを妨げたくはありません。

私の意図を察した首席様が、演技に乗って来ます。

「むっ！　リィネ、どうして『私が』なんですか？」

「そのままの意味です。私はこれからもっと強くなります。貴女《あなた》やエリーよりも、先に兄様のお隣に辿《たど》り着きたいので」

「グヌヌ……」「あぅあぅ、リ、リィネ御嬢様……わ、私も……」

ティナは本気で唸《うな》り、エリーも頰を膨らませます。まぁ……こんな所でしょう。

様子を見守ってくれていたカレンさんが、手を叩《たた》かれます。

「喧嘩《けんか》は止《や》めなさい。あと、兄さんの隣は私の指定席です。忘れないように」

「横暴ですっ！」「カ、カレン先生、ずるいです……」「姉様に攫《さら》われていますが……」

副生徒会長さんへ一斉に抗議。ステラ様がくすり。

「カレン、時々でいいから、私にも貸してほしいんだけど？」

「ステラ……こういう時の貴女は、リディヤさんと同じくらい信用出来ないのよ」

「じゃあいいわ。その代わり、私の御手紙を渡してね？　リサ様とリンジー様、レティ様には夜間飛行可能なグリフォン供与を確約していただきました。『ここまで活躍したのなら、子供扱いは出来ないわね』と。水都に行くのはカレンとティナ、リィネさん」

「「はいっ！」」

ティナと私は即座に返事。カレンさんが短剣の鞘《さや》を叩かれました。

御母様達との交渉を既に済まされているなんて。

「あと――貴女も行かれるんですよね？」

布を通り抜け、リリーが沢山の焼き菓子が入っている籠を持って帰ってきました。

両手の指を組み合わせ、肯定。前髪の花飾りがキラリ。

「うふふ～♪　私は、メイドさんなのでぇ☆　奥様の許可は貰っています」

「……副公爵殿下は反対されていましたが、仕方ありませんね」

ステラ様が渋々といった様子で、引き下がられました。

白と蒼《あお》のリボンが結ばれている杖《つえ》を持って、ティナが勢いよく立ち上がりました。

「よーしっ！　なら準備をして、すぐに出発――」

「失礼致します……悪い報《しら》せでございます」

「ロミー？　どうしたの？？」

昼間、大立ち回りを演じた副メイド長の顔が強張《こわば》っています。

私はティナ、エリーの手を取りました。

「侯国連合内において、講和派を形成している南部四侯が襲撃を受けたようでございます。内、中心人物である『串刺し』老ロンドイロ侯が……戦死された、との未確認情報が」

私達の行き先には嵐が吹き荒れているようです。

……兄様、姉様、どうか御無事で！

短剣に触れながら、私は静かに祈りました。

＊

獺族のスズさんが操るゴンドラは水都『猫の小路《こみち》』を目指し、地下水路を進んで行く。

壁にはぼんやりとした翠《みどり》の光。不気味な感じはなく、幻想的な光景だ。

書庫を脱出して既に一日以上が経過している。

敵方にばれないよう、慎重に移動した為だけど……。

懐中時計を取りだし時間を確認。外はもう夜の帳《とばり》が落ちているだろう。

「アレンさん、もう少し、もう少しです。この地下水路は私達、水都の獣人しか知らないんです。普段、使う人は殆《ほとん》どいないんですけどね」

「東都にも同じような水路があります。小さい頃はよく遊んでいました」

「へぇ……面白いですね。今度案内していただけますか？」

「ええ、勿論《もちろん》」

「ありがとうございます♪」

休み休みとはいえずっとゴンドラを操ってくれている少女がはにかむ。

この明るさは大変に貴重だ。敵地で孤立しているのなら尚《なお》の事。

「……詰めて」

紅髪《あかがみ》の少女が身体《からだ》を寄せてきた。

肩と肩が密着し、お互いの体温をより感じてしまう。

後ろにいる二人のメイドさんは「シンディ、口出し無用ですよ？」「分かってるよ～。アトラ御嬢様《おじょう》、今、お魚がいましたよ！」「♪」……援護は望めそうにない。他のメイドさん達やニコロ君達は他のゴンドラだし。

僕は御機嫌斜めな公女殿下へ意を決して話しかける。

「リディヤ……その、動きにくい──」

下手な剣よりも遥《はる》かに鋭い視線が突き刺さった。

『……書庫で、私を連れて行かなかったのに、嫌がるんだ。ふ～ん……』

両手を挙げ全面降伏する。

かなり根に持たれているようだ。どうしたものか。

「アレンさん、私はいないと思って気にせずっ！」「私達は人形です」「アトラ御嬢様、止まってくださーい」「♪」この人達、楽しみ過ぎだと思う。アトラの教育にも良くない。

「…………ねえ、ほんとに、ダメ…………？」

人前なのに、リディヤが上目遣いで甘えてきた。是非も無し。

肩に手を回そうとし──小鳥が僕の肩に止まる。脚に巻きつけられた紙を確認。

ぽっ、と魔力灯《とう》をつけてくれながら、紅髪の少女が聞いてきた。

「誰から？」

「ニケだよ」

「……あいつの家宰は裏切っていたのよ？」

「そうだね。でも、ニケは絶対に裏切らない。彼は裏切るくらいなら死ぬよ。もしくは、わざわざ日時の指定と自分の手札を全て公開した上で挑んでくる。そういう男なのさ」

「う～」

頬を膨らまし、リディヤは不満を訴える。

後ろの席から顔を出したアトラも真似《まね》っ子。やっぱり教育に悪い。

幼女の頭を撫《な》で紙片を読み終えると——炎に包まれ消えた。リディヤの炎だ。

復調しつつある『剣姫《けんき》』様が僕の頭についた葉っぱを取り、髪に触れぽつり。

「——……説明」

言外の意味は『アトラだけはダメ。禁止。ズルイ』。理屈じゃないらしい。

僕もリディヤの髪についているゴミを取る振りをしつつ、優しく梳《す》く。

「あの書庫は——ニッティの家の者にとって、とても重要な場所だった。だからこそ、その存在は知っていても、詳しい場所を知っている者は恐ろしく少ない」

ニケとパオロさんはこの短時間で、最近のトニの動向を調べあげたようだ。

『トニ・ソレビノが、つい数日前まで書庫の位置を知らなかったのは間違いない』

地下水路の終わりが見えてきた。

「前にも言ったけれど……ニッティ家の人間。荷物運搬を請け負っていた一部の獣人達。そして、窓口になっていたパオロ・ソレビノだけ」

「でも、トニは現れた。つまり」

「ニッティ家でも、獣人達でもない、第三者から情報を得た。具体的には――この人に」

僕は書庫から唯一持ち出し、ニコロ君が一部を解読してくれたメモに触れた。

所々が消され、判読不能になっているようだ。

**『師の【花天】××・グレンビシー。兄弟子の『黒花《こっか》』イオ・ロックフィールドと共に私は此処《ここ》へやって来た。旧聖堂奥に眠る××を起こす方法は見つけられていない。どうすればいいんだろう？』**

こんな短期間で……一度読んだ文献の内容も全て覚えているというし、末恐ろしい。

――異名と姓から、師に当たる人物は半妖精族。

『貴族総覧《きぞくそうらん》』によれば、『ロックフィールド』と『グレンビシー』は、過去に一度だけ婚姻したことがあり、竜人族の長『イオ』も関与していた。

そして、書庫で見た黒い花の形をした転移魔法……トニに位置を教えたのは『黒花』。

メモを書いたのは、幼い頃のローザ様と考えてまず間違いないだろう。

リディヤが頭を左肩に乗せてきた。

「………ねぇ」「次は僕の隣で戦ってほしいな」

言われる前に希望を告げておく。本心だ。

ゴンドラが地下水路を抜け、廃墟《はいきょ》らしき建物内に出た。

月光が壊れている窓から丁度差し込み、顔を真っ赤に染めたリディヤを照らす。

「~~~っ！　バ、バカぁ！　ア、アレンのバカぁぁぁぁ‼」

「痛っ。た、叩くなよっ！　あ、あと、大声はまずいって」

叩いて来たので、慌てて手で止める。

すると、後ろのアトラも小首を傾《かし》げ、僕の腕をぽかぽか。遊びだと思ったらしい。

獺《かわうそ》族の少女が櫂《かい》を胸に抱きながら、夜空を見上げた。

「あ~……この感情は何なんでしょうかぁ。羨ましさ？　それとも──」

「ん~『もっと、初々《ういうい》しい御二人のいちゃいちゃを見ていたい』では──？」

「あ、それです、それ！」

シンディさんが口を挟むと、スズさんは手を合わせた。

サキさんの手で、長い乳白髪を複雑に編み込まれているメイドさんが勧誘を開始。

「うふふ〜そんな貴女は、うちのメイド隊に入れる素質を持っていま〜す♪　転職をお考えの時は是非是非でーす」

「え、えーっと……メイドさんになるつもりは〜……」

鳥族のメイドさんが手を止め、注意。

「シンディ、困らせないで。アトラ御嬢様の教育にも悪いでしょう？」

「えー。アトラ御嬢様だって、そう思いますよねぇ〜？」

「？　♪」

アトラはスズさんにも懐《なつ》いているので、賛成らしい。

そうかーこうやって人材を集めているのかー。

――再び小鳥が肩に止まった。

紙片を外すと飛び立っていく。内容は……なんだって。

「その様子だとあんまり良い話じゃなさそうね」

今度は紙片を燃やさず、リディヤが僕の顔を覗《のぞ》き込む。

確かに良くない方が大きい。

「追加情報。まず――リンスター家とアトラス侯国との間に電撃的な休戦が成立したってさ。連合離脱すらも視野に入れているらしくて、議会は大混乱中みたいだ」

アトラスが……しかも、連合離脱すら考えているなんて。何があったんだ？

あの子達が動いたにしても、話が急すぎる。

首のネックレスを弄《いじ》りながら、リディヤが先を促してきた。

「……悪い方は？」

「こっちは飛び切りに悪い」

ニケの筆跡も乱れに乱れている。

これが本当なら講和派は……。

「講和派の南部四侯が会談中に襲撃を受けた。ロア・ロンドイロ侯に到《いた》っては生死不明。襲撃してきたのは——」

警告は発した。ニケも役割は果たしてくれた。

けれど、それでも……僕は一気に言い切る。

「黒のドレスを着た深紅の長い髪の女と、異国の長剣を持つ剣士だったそうだよ。間違いなく『三日月』と従者だろう。これで……講和派は絶対的な劣勢に立たされた」

リディヤが僕に寄りかかり、小さく零《こぼ》す。

「……ねぇ、アレン」

「うん。『七塔要塞《しちとうようさい》』は取らされるよう仕向けられた」

この戦い、戦略的に僕達は負け続けている。

『連合離脱』という劇薬を飲んだアトラスを、押し付けられる形となったリンスターと南方諸家は当面の間動けず、講和を希求していた南部四侯は潰された。

水都中枢が数日間、交戦派に牛耳《ぎゅうじ》られるのは避けられない。

……決定的な数日間だ。

これが全て聖霊教の『聖女』の指示ならば、僕等の相手は――『怪物』。

にも拘《かかわ》らず、敵の最終目的は未《いま》だ霧の中。

『旧聖堂』の『礎石《そせき》』。メモに書かれていた眠れる存在。聖霊教に付け狙われているニコロ君。舞台に上がって来た『黒花』と人造吸血鬼を使った量産型魔導《まどう》兵。

情報は断片的で形を成さない。どうすれば、どうしたらいい？

「――♪」

僕が悩んでいると、アトラが突然歌い始めた。

翠球がふわふわと集まり、幼女は嬉《うれ》しそうに獣耳と尻尾を動かし、僕を見る。

励まそうとしてくれているのだ……僕も修行が足りないな。

「でも、休戦が為《な》ったのなら南都との連絡はし易《やす》くなる。一泡は吹かせられるさ」

リディヤの前髪とネックレスに触れ、告げる。

「君と僕が諦めず、二人で力を合わせていれば、ね」

「……あんたと一緒なら、怖いものなんてないわよ」

そう断言し、リディヤは頭をぶつけて来た。

明日以降――『嵐』が吹き荒れるだろう古き都は、この瞬間だけ平穏を享受していた。

# あとがき

四ヶ月ぶりの御挨拶、七野《ななの》りくです。

十一巻までやって来ました。今巻もギリギリでした。危うい。本気で危うい。

本作はWEB小説サイト『カクヨム』で連載中のものに、例によって加筆……えー。その、ですね。一部は使っていると思います。ただ、改稿を繰り返す内に原型がですね……。


内容について。

公女って、登場人物に作者の味方が少ないんです。

各ヒロイン達は隙あらば出番増を要求しますし（狼《おおかみ》聖女様とは常に戦い続けている）、表紙も奪い取りますし、プロットも容赦なく捻《ね》じ曲げます。

十一巻も当初「王女殿下……お待たせしました。そろそろ出番ですね」と作者は思っていました。実際、かなり書きましたし。

――だが、しかし。

そうはならないのが、公女の恐ろしさ。

いったい誰がこの二人が十一巻表紙を奪い取る、と想像したでしょうか？

少なくとも、作者は書いていて「なん、だと……？」となりました。

しかも、今まで良好な関係を築いていたあの子がっ！

これにて、ヒロイン達の中で素直なのは天使様だけとなりました。

「この子だけは、この子だけは守り抜かなくては……つつがなく進行役を務められるヒロインが誰もいなくなってしまうっ！

苦衷の作者と、もふもふわんこととの熾烈《しれつ》な出番争いを水面下で演じている王女殿下の奮闘に応援願います。

お世話になった方々へ謝辞を。

担当編集様、今巻も大変ご面倒おかけしました。朝の光で砂になりそうでした。

ｃｕｒａ先生、今巻のイラストも完璧です！　十一巻までの、温泉イラスト、大変有難《ありがた》く……。

ここまで読んで下さった全ての読者様にめいっぱいの感謝を。

また、お会い出来るのを楽しみにしています。次巻、決戦。そして、です。

七野りく

お便りはこちらまで

〒一〇二－八一七七
ファンタジア文庫編集部気付
七野りく（様）宛
ｃｕｒａ（様）宛

富士見ファンタジア文庫

# 公女殿下《こうじょでんか》の家庭《かてい》教師《きょうし》11
## 歴史《れきし》の幻影《げんえい》

令和４年３月20日　初版発行

著者――七野《ななの》りく

発行者――青柳昌行
発　行――株式会社KADOKAWA
〒102-8177
東京都千代田区富士見2-13-3
0570-002-301（ナビダイヤル）
印刷所――株式会社暁印刷
製本所――本間製本株式会社

ISBN978-4-04-074477-3 C0193　◇◇◇

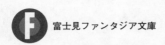